Dwaalspoor

Van dezelfde auteur

All-inclusive
De vlucht
Zomertijd
Cruise
Après-ski
De suite
Zwarte piste
Bella Italia
Noorderlicht
Bon Bini Beach
Het chalet
Route du soleil
Winterberg
Goudkust
Mont Blanc
Costa del Sol

Sneeuwengelen
Hittegolf
Lawinegevaar
Het paradijs
Winternacht
Super de luxe
IJskoud
Het strandhuis
Zuidenwind
De eilanden
Sneeuwexpress
Lentevuur
Souvenir
Waterland
Midwinter
Zomeravond

Volg Suzanne Vermeer op:
Facebook.com/SuzanneVermeerFanpage
www.suzannevermeer.nl
www.awbruna.nl

Suzanne Vermeer

Dwaalspoor

A.W. Bruna Uitgevers

© 2021 Suzanne Vermeer
© 2021 A.W. Bruna Uitgevers, Amsterdam

Omslagontwerp
Wil Immink Design

ISBN 978 94 005 1412 6
NUR 332

Derde druk, september 2021

Disclaimer
Dit verhaal is fictie. Namen, personages, plaatsen en gebeurtenissen zijn een product van de fantasie van de auteur of zijn gebruikt in een fictionele omgeving. Elke gelijkenis met bestaande personen of organisaties berust op toeval.

Behoudens de in of krachtens de Auteurswet van 1912 gestelde uitzonderingen mag niets uit deze uitgave worden verveelvoudigd, opgeslagen in een geautomatiseerd gegevensbestand, of openbaar gemaakt, in enige vorm of op enige wijze, hetzij elektronisch, mechanisch, door fotokopieën, opnamen of enige andere manier, zonder voorafgaande schriftelijke toestemming van de uitgever. Voor zover het maken van reprografische verveelvoudigingen uit deze uitgave is toegestaan op grond van artikel 16 h Auteurswet 1912 dient men de daarvoor wettelijk verschuldigde vergoedingen te voldoen aan Stichting Reprorecht (Postbus 3060, 2130 KB Hoofddorp, www.reprorecht.nl). Voor het overnemen van gedeelte(n) uit deze uitgave in bloemlezingen, readers en andere compilatiewerken (artikel 16 Auteurswet 1912) kan men zich wenden tot de Stichting PRO (Stichting Publicatie- en Reproductierechten Organisatie, Postbus 3060, 2130 KB Hoofddorp, www.stichting-pro.nl).

Deel 1

Titisee-Neustadt, het Zwarte Woud

1

Het is vroeg in de ochtend als Silvia Mulder na een onrustige nacht wakker wordt in een leeg bed. Op de gang hoort ze haar man Vincent zachtjes praten. Ze trekt haar slaapmasker van haar gezicht, gaat rechtop zitten en rekt zich geeuwend uit. Vincent is altijd meer een ochtendmens geweest dan zij. Uit automatisme pakt ze het doosje pijnstillers dat op haar nachtkastje ligt, en ze neemt een pil met het restje water in haar glas. Haar mond vertrekt van de bittere smaak die de paracetamol achterlaat. Ze wordt tegenwoordig vaker met hoofdpijn wakker dan zonder. Te veel zorgen aan haar hoofd, te veel gedoe. Ook Vincent heeft er last van. Hij is nerveuzer dan ooit en zonder een 'pammetje voor de nacht' doet hij geen oog dicht. Zelf heeft ze de oxazepam tot nu toe gemeden. Als je eenmaal begint met die troep kom je er niet zo makkelijk meer vanaf. Bovendien wil ze helder blijven. Ze heeft al zo vaak tegen Vincent gezegd dat hij met die sufmakers moet stoppen, maar ze krijgt altijd hetzelfde antwoord. Hij heeft die dingen nu gewoon even nodig om deze periode door te komen. Als alles is geregeld, stopt hij ermee. 'Beloofd.' Ze moet het nog zien, want er is altijd wel wat; altijd wel een excuus, altijd wel weer 'een periode' die doorgekomen moet worden.

Om even op adem te komen, zijn ze voor twee weken in Titisee-Neustadt. Al tien jaar hebben ze hier een tweede huis en genieten ze van de mooie omgeving van het Zwarte Woud. De rust die ze in Groningen soms missen, heerst hier volop.

Vincent is van plan om deze weken veel te gaan mountainbiken, en zijzelf kan niet wachten om elke dag in de Titisee te zwemmen en van het zomerse weer te genieten. Silvia houdt van het glasheldere water dat met de wind meegolft en de prachtige groene natuur rondom het meer. Door de hoogteverschillen, met als eyecatcher de nabijgelegen berg Hoch, verveelt het landschap haar nooit. Hun vakantiehuis ligt op de noordelijke oever van het meer, vlak bij het kuuroord dat ze regelmatig bezoekt. De eerste jaren nadat ze het huis hadden gekocht, hebben ze vooral samen wandelend rond het meer en slenterend door knusse stadjes doorgebracht. Toen deden ze alles nog samen, en waren ze ervan overtuigd dat ze voor altijd bij elkaar zouden blijven. Maar aan hun verliefdheid bleek een houdbaarheidsdatum te zitten, en wat zij hadden begon steeds meer als een hechte vriendschap te voelen.

Het exacte moment waarop de passie uit hun relatie was verdwenen kan Silvia niet aanwijzen. Het zal begonnen zijn toen Vincents sportkledingbedrijf ook een maatpakkenlijn lanceerde, met het kenmerkende rode V'tje op de linkerheup. De mooie én betaalbare pakken waren vooral populair in het buitenland, waardoor Vincent steeds vaker op reis was. In het begin ging ze regelmatig met hem mee, maar na een jaar van hotelkamer naar hotelkamer had ze er genoeg van. Overdag had Vincent op een enkele uitzondering na altijd besprekingen en moest zij zich maar zien te vermaken. 's Avonds vergezelde ze hem meestal naar etentjes en feestjes waar ze als een soort decorstuk de leuke en mooie vrouw uithing. Wat haar het meest tegenstond aan het hele gebeuren was dat ze volledig geleefd werden en er steeds minder tijd was voor elkaar. Op het moment dat Vincent een partnerschap aanging met Sebastiaan Vos liet ze de begeleiding van Vincent op zijn zakenreisjes aan hem over. Wel belden ze elke avond voor het slapengaan even. Vincent besprak nog steeds alle zakelijke beslommeringen met haar en vroeg haar nog regelmatig om advies. Het gaf haar een goed gevoel dat hij nog steeds evenveel waarde hechtte aan haar mening als vroeger. Hoewel er tussen de lakens alleen nog maar geslapen werd, waren ze nog steeds een onverslaanbaar team. En ze verwacht dat dit gevoel er voor altijd zal zijn, zelfs als ze binnenkort ook op papier geen liefdespartners meer zijn. Silvia is ontzettend dankbaar voor hun innige band en sterke vriendschap. Ze gunnen elkaar alles. De kans op een nieuwe liefde hoort daar ook bij.

Toen Vincent als uit het niets was begonnen met zijn kledingbedrijf was zij het die hem financieel en mentaal had gesteund. Silvia's vertrouwen had hem het laatste zetje gegeven om de grote sprong te wagen en zijn droom na te jagen. Er was al die jaren geen dag geweest dat hij zijn dankbaarheid niet uitsprak. Maar met het toenemende succes kwamen ook de roddels. Silvia werd gezien als golddigger en cougar, omdat ze ruim tien jaar ouder was dan hij. Vincent kreeg in de loop der jaren steeds meer het imago van de keiharde, nietsontziende zakenman toebedeeld. Hun huwelijk zou voortdurend onder spanning staan en er werd gespeculeerd over huiselijk geweld. Hun bewuste kinderloosheid werd door de roddelbladen gekoppeld aan onvruchtbaarheid. Het probleem zou wel bij Silvia liggen, vanwege haar leeftijd. Als ze samen verschenen op glamourfeestjes werd Silvia achteraf uitgebreid geanalyseerd. Elke rimpel werd uitvergroot, haar kleding bij voorkeur afgekraakt en haar lach werd regelmatig beschreven als een botoxgrijns. Vincent zou haar wel snel dumpen voor een jonger exemplaar, en na de scheiding kreeg ze vast niet meer dan een fooi. Eén roddelblad was zelfs zover gegaan dat ze een top 5 hadden gepresenteerd van vrouwen die in hun ogen potentiële nieuwe huwelijkskandidaten voor Vincent waren. Terwijl Vincent zijn schouders ophaalde over al die vergezochte leugens, trok Silvia het zich in eerste instantie erg aan. Ze kon niet begrijpen dat mensen haar zo graag zwart wilden maken. Uiteindelijk wist Vincent haar ervan te overtuigen dat mensen gewoon jaloers waren en aan hun eigen saaie leven wilden ontsnappen.

Silvia stapt uit bed en trekt haar roze ochtendjas en bijpassende slippers aan. Voordat ze de slaapkamer verlaat, zet ze het raam open en maakt het bed netjes op. Het huis heeft meerdere slaapkamers, maar Vincent kiest er nog steeds voor om bij haar te slapen. Het geeft hun allebei een vertrouwd gevoel en als Vincent ondanks zijn kalmeringspillen weer eens last heeft van nachtmerries, dan is zij er om hem rustig te krijgen. Ze loopt de gang in, waar Vincent ijsberend en met wilde armgebaren een telefoongesprek voert. Nu hij ziet dat ze wakker is, houdt hij zich niet meer in en schroeft zijn volume flink op.

'Ik ben het er gewoon niet mee eens, Sebas. Uitbreiding is oké, maar niet ten koste van alles. Er zullen nog heel wat beren van de weg moeten worden gehaald voordat ik akkoord ga... Nee, echt niet. Over mijn lijk. Ik ben er even twee weekjes tussenuit met Sil en ik wil niet meer gestoord worden met deze bullshit... Ja, in Titisee. Even die stress eruit fietsen... De 2 Schanzen Tour... Maar echt Sebas, je zult met iets beters moeten komen, want hier kan ik absoluut niet mee akkoord gaan... Ja, ik weet dat jij het wel wilt, maar zonder mijn instemming gebeurt er niets. Het bedrijf is nog steeds voor de helft van mij, dus je hebt geen meerderheidsbelang... Sebas, we komen zo niet verder, ik ga ophangen.' Gefrustreerd drukt Vincent het gesprek weg. Als zijn telefoon direct weer gaat, schakelt hij hem uit en kijkt Silvia moedeloos aan.

'Weer dat gedoe met die Spanjaarden?' vraagt ze, terwijl ze naar hem toe loopt en haar armen om zijn middel slaat.

'Ja, het houdt maar niet op. En Sebas dramt al net zo hard.'

'Ik vind dat je voet bij stuk moet houden.'

'Tenminste nog iemand die achter me staat,' moppert hij, en hij geeft haar een kus op haar voorhoofd.

'Ik sta altijd achter je, Vin, dat weet je.'
'En dat waardeer ik enorm,' zegt hij met een knikje. 'Daar heb ik nooit aan getwijfeld.'
'Gelukkig maar.' Ze pakt zijn hand en trekt hem mee naar de trap. 'Kom, we hebben koffie nodig.'
'Nou en of. Als jij een lekkere pot zet, fiets ik snel naar de bakker voor een broodje.'
Silvia geeft hem een kus en blijft bezorgd achter. Het zit haar niet lekker dat Sebas zo blijft pushen, terwijl Vincent van begin af aan duidelijk is geweest over wat hij wel en niet wil. V-Suit is zijn kindje. Hij heeft het bedrijf vanaf de grond opgebouwd en Sebas is er pas jaren later bij gekomen. Vincent heeft heel zorgvuldig het imago gecreëerd, en Sebas kan toch op zijn minst zijn wensen respecteren. Dat hij bereid is alles op het spel te zetten door in zee te gaan met een Spaans bedrijf dat nogal een louche reputatie heeft, vindt ze onbegrijpelijk. Het kan op de korte termijn een flinke smak geld opleveren, maar wat zijn de gevolgen voor de toekomst? Vin is er juist zo trots op dat zijn kleding op eerlijke wijze wordt geproduceerd. Geen kinderarbeid, geen goedkope krachten die onder de vreselijkste omstandigheden moeten werken. Alle kleding van V-Suit wordt met veel zorg gemaakt in Europa en de klanten zijn bereid daarvoor iets extra's te betalen. De Spanjaarden die azen op Vins bedrijf willen de productie zo snel mogelijk naar China verplaatsen. Ze schijnen kinderarbeid niet te schuwen en hun personeel minimaal zestien uur per dag af te beulen in onveilige fabrieken. Silvia kan zich de ophef nog herinneren toen er een paar jaar geleden brand uitbrak in zo'n fabriek en er dertig mensen om het leven kwamen. De gedachte dat V-Suit aan die naam zou worden gekoppeld, vindt ze onvoorstelbaar. Het wijkt zo af van alles waar Vincent voor staat. Ze besluit dat ze hem zo veel mogelijk zal bijstaan om dit tegen te houden.

2

De kaiserbroodjes waar Vincent mee thuiskomt zijn rijkelijk belegd met kaas, ham, augurk en een saus die veel weg heeft van remoulade. De witte bolletjes maken een krakend geluid als ze er tegelijkertijd hun tanden in zetten. Twee grote mokken filterkoffie staan te dampen op tafel.
 'Druk in het dorp?'
 'Viel erg mee,' antwoordt Vincent met volle mond. Silvia wijst subtiel naar zijn mondhoek, waar een klodder saus is blijven hangen. Hij likt hem weg en neemt een nieuwe hap.
 'Hier was ik echt aan toe,' mompelt hij goedkeurend. 'Dat telefoongesprek viel niet zo lekker op mijn nuchtere maag.'
 'Denk je dat ze je nu met rust laten, of verwacht je nog fratsen van die Spanjaarden?'
 'Volgens mij weten ze nu wel dat ik daar niet gevoelig voor ben. Ik begrijp echt niet waarom Sebas wél bereid is zijn ziel aan de duivel te verkopen. Ik dacht dat we dezelfde moraal hadden, maar blijkbaar heb ik me vergist.'
 'Ben je teleurgesteld in hem?'
 'Ja, natuurlijk. We hebben samen een paar mooie jaren achter de rug en dit voelt echt als een smet. En ook nog eens onnodig, want we hebben die Spanjaarden en hun geld helemaal niet nodig. Waarom Sebas denkt van wel, is me een raadsel.'
 'Ik geloof dat het goed is als jullie zo snel mogelijk om de tafel gaan zitten als we terug zijn in Nederland. Jullie moeten dit uitpraten, Vin. De neuzen weer dezelfde kant op krijgen. Je moet hem blind kunnen vertrouwen en niet het idee heb-

ben dat hij achter je rug om zijn eigen plan trekt. Die stress is niet goed voor je.'

Vincent zucht diep en neemt een slok koffie. 'Ik slaap er slecht van. Zelfs die verrekte pillen helpen niet genoeg. Misschien moet ik tijdelijk een hogere dosis gaan nemen, wat denk jij?'

'Je weet het antwoord op die vraag al. Dat vind ik een heel slecht plan.'

'Maar ik heb die ontspanning en die rust nodig om helder na te kunnen denken.'

'Die ontspanning hoef je niet uit een potje te halen.' Silvia legt haar hand op die van Vincent. 'We zijn niet voor niks hiernaartoe gegaan. Stap op je fiets en geniet van de rustgevende natuur. Dat helpt veel beter dan die verslavende troep waar je steeds meer van nodig hebt. Geen computer, geen telefoon, gewoon lekker fietsen en niks aan je kop. Voor je buik ook niet verkeerd trouwens,' zegt ze grinnikend.

'Ik ben wel een beetje dikker geworden de laatste tijd, hè? Steeds minder tijd om te sporten.'

'Het is geen kwestie van tijd, maar van prioriteit.' Silvia knipoogt. 'Al plan je maar een halfuurtje per dag in voor wat beweging.'

'Misschien moet ik zo'n personal trainer nemen. Iemand die me elke ochtend voordat ik naar kantoor ga een uurtje afbeult. Kun jij je ook meteen uitleven.'

'Als je het niet erg vindt, hou ik het liever bij zwemmen. En nu we het daarover hebben, ik ga straks even een duik nemen in de Titisee, en het lijkt me lekker om erna naar het Badeparadies te gaan. Even in de sauna en bijkomen in het mineraalbad. Heb jij daar ook zin in?'

'Ik denk dat ik vandaag even ga testen of ik het fietsen niet verleerd ben. Ik wil al zo lang de 2 Schanzen Tour doen.'

'Moet je daar eerst niet een beetje voor trainen? Dat is een route met een paar pittige klimmetjes, toch?'

'Ik wil gewoon gaan en zien hoe ver ik kom. Fietsen is net zakendoen: het komt aan op doorzettingsvermogen. Met de juiste instelling kom je een heel eind.' Hij kijkt haar grijnzend aan.

'Aan de juiste instelling heeft het je nooit ontbroken, maar aan conditie de laatste tijd wel. Daar maak ik me een beetje zorgen over. Al die stress is echt niet goed voor je lijf. We worden ouder, Vin, ook jij.'

'Ik beloof je dat ik voorzichtig doe en dat ik op tijd terugkeer als het toch niet gaat.'

'Beloof je dat echt?'

'Natuurlijk. Ga jij nou maar lekker in dat water liggen en breek je mooie hoofdje niet over mij.'

'Ik wil gewoon echt niet dat jou iets overkomt. Daar kan ik soms van wakker liggen. Ik kan niet zonder je.'

'Sil, wij zullen altijd in elkaars leven blijven, ook na de scheiding. Je weet hoeveel ik om je geef. Wij gaan mensen laten zien dat je ook als heel goede vrienden uit elkaar kunt gaan.'

'Ben je niet bang dat het contact tussen ons toch gaat verwateren als we niet meer bij elkaar wonen?'

'Daar zijn we zelf bij. We zullen elkaar minder zien, maar dat betekent niet dat onze band verandert. Dat laat ik echt niet gebeuren. Jij blijft altijd belangrijk voor me, Sil. Dankzij jou ben ik geworden wie ik ben, en dat zal ik nooit vergeten.'

'Als je dat maar goed in je oren knoopt, ja,' antwoordt Silvia zogenaamd dreigend. Na Vincents geruststelling kan ze weer glimlachen.

Als ze hun broodjes ophebben en de pot koffie leeg is, staat Vincent op. 'Ik ga me even omkleden voor de grote tocht.'

'Ik zal ondertussen een paar bidons met water vullen en wat energierepen in je fietstas stoppen voordat ik mijn badpak aantrek,' zegt Silvia behulpzaam. Vincent werpt haar een kushand toe en neemt de trap naar boven met twee treden tegelijk. Als hij even later weer voor haar staat in zijn strakke wielrenpak, loopt ze met hem mee naar de deur. Zijn rood met zwarte mountainbike staat glanzend op hem te wachten in het schuurtje. De fiets wordt meer onderhouden dan daadwerkelijk gebruikt. Vincent heeft al vaker aangeboden er ook eentje voor Silvia te kopen, maar voor die paar keer per jaar dat ze er gebruik van zal maken vindt ze dat geldverspilling. Dat ze geld hebben wil niet zeggen dat ze het daarom maar over de balk moeten smijten. Ze herinnert zich maar al te goed dat ze elk dubbeltje moesten omdraaien en is daardoor weloverwogen in haar aankopen. Vincent geeft wat makkelijker geld uit dan zij en meestal laat ze hem zijn gang gaan.

'Ik ga ervandoor!' Haar gedachten worden onderbroken door een enthousiaste Vincent. Zijn telefoon met de routekaart klikt hij in de houder op zijn stuur. Hij zwaait zijn been over het zadel met een soepelheid die Silvia verbaast.

'Als ik er lekker in zit, ben ik pas rond het avondeten terug. Volgens mijn routeplanner zou ik de tocht in zesenhalf uur moeten kunnen rijden. Doe daar voor de zekerheid nog een halfuurtje extra bij.'

'En je keert om als het niet gaat, hè?'

'Dat hadden we toch afgesproken. Maak je niet druk. Lekker badderen jij. En laten we vanavond een hapje eten bij dat leuke bistrootje in het centrum, dan vertel ik je alles over mijn heroïsche tocht.'

Ze steekt haar duim op en slaat haar armen voor haar lichaam over elkaar. Vincent rijdt in rustig tempo bij haar vandaan. Hoe verder hij van haar verwijderd raakt, hoe groter de behoefte wordt om achter hem aan te rennen en hem te laten stoppen voor een knuffel. Ze heeft geen idee wat haar bezielt, maar ze voelt een koude rilling door haar lijf trekken. Ze besluit de Titisee vandaag over te slaan en een warme douche te nemen voordat ze naar het badencomplex vertrekt. Voor de zekerheid checkt ze de weersvoorspelling nog eens, en als ze de app moet geloven is er vandaag geen wolkje aan de lucht.

3

Als Silvia het zoute water van het kuurbad van zich afspoelt, begint haar maag te knorren. Het is al tegen vijven, en ze hoopt dat Vincent snel thuiskomt. Ze heeft de hele dag niets meer van hem gehoord, dus ze gaat ervan uit dat hij op zijn tandvlees de tocht toch helemaal heeft uitgereden. Bij een lekke band of andere pech had hij haar vast wel gebeld. Druipend van het water pakt ze twee handdoeken van het rek. Met de eerste droogt ze zich af en de tweede draait ze als een tulband om haar hoofd. Dan loopt ze naar de kledingkast en kiest een elegant zwart jurkje uit met bijpassende pumps. Voor Vincent legt ze vast een pantalon en een blouse klaar. Als ze is aangekleed en haar haren en make-up heeft gedaan, is het kwart voor zes. Nog steeds geen Vincent.

Ze heeft nu flinke trek en begint ongeduldig te worden. Dat halfuurtje extra van hem is ook verstreken. Ze probeert hem te bellen, maar zijn telefoon springt meteen op voicemail. Misschien wilde hij niet meer lastiggevallen worden door Sebas en heeft hij zijn telefoon weer uitgezet. Het onrustige gevoel dat ze vanochtend ook al had toen hij vertrok, is weer terug. Gaat het wel goed met hem? Staat hij ergens in the middle of nowhere met een lekke band? Is de batterij van zijn telefoon leeggelopen door die routeplanner en kan ze hem daarom niet bereiken? Ze probeert hem nogmaals te bellen, maar krijgt weer zijn voicemail. Voor de zekerheid spreekt ze iets in en loopt naar het grote raam in de woonkamer dat uitkijkt op de weg die hij vanochtend heeft genomen. Ze staart tevergeefs in de verte.

Als er weer zo'n onbehagelijke rilling door haar heen trekt, wrijft ze geërgerd over haar armen. Met een tijdschrift ploft ze op de bank, maar van lezen komt natuurlijk niets. Haar zorgen om Vincent groeien met de minuut. Uiteindelijk verruilt ze haar pumps voor een paar sneakers en loopt de weg op. De sleutel van het huis heeft ze zo stevig in haar hand geklemd dat hij een afdruk in haar huid achterlaat. Aan de lucht te zien lijkt de weersvoorspelling niet te kloppen. De broeierigheid van die dag kan elk moment worden weggespoeld door een flinke bui. Ze hoort het gezoem van muggen om haar heen. Terwijl ze verder loopt voelt ze de eerste dikke druppels vallen. Silvia weet dat ze nu meteen rechtsomkeert moet maken als ze niet zeiknat wil worden. In plaats daarvan blijft ze als een standbeeld midden op de weg staan, starend naar de leegte voor haar. Pas als de regenbui echt losbarst en haar in een mum van tijd helemaal heeft doorweekt, rent ze terug naar het huis.

Druipend en rillend schopt ze in de gang haar schoenen uit voordat ze naar de badkamer snelt om haar natte jurkje te verwisselen voor een droog joggingpak. Ze kijkt op haar horloge. Kwart over zeven. Ze belt Restaurant Seeterrasse, waar ze om halfzeven een tafeltje voor twee had gereserveerd. Misschien was Vincent zo laat dat hij daar rechtstreeks naartoe is gegaan? Al snel krijgt ze te horen dat hij ook daar niet is. Ze weet het nu echt niet meer. Waarom duurt het zo lang? Het is niets voor Vincent om zo laat te zijn zonder iets van zich te laten horen. Hij heeft haar zo lang als ze hem kent nog nooit laten zitten. Moet ze de politie bellen? Of is dat overdreven? Hij is amper anderhalf uur te laat. Tegen beter weten in belt ze weer naar zijn mobiel. Het toestel gaat nu wel over, maar als ze wil ophangen omdat hij niet opneemt, krijgt ze ineens contact. Een vreemde stem zegt: 'Hallo?'

'Wer bist du? Wo is Vincent? Was machst du mit seinem Telefon?'
'Sie sprechen mit Agent Ründfunk...'
'Agent? Is alles goed met Vincent?' Silvia's hart bonkt in haar keel.
'Wie bent u?' vraagt de agent.
'Silvia Mulder, Vincents vrouw. Hij is vanochtend met zijn mountainbike vertrokken om de 2 Schanzen Tour te fietsen, maar hij had allang terug moeten zijn.'
'Ik vrees dat ik slecht nieuws voor u heb, mevrouw. Er is hier vanmiddag een mountainbiker verongelukt en dit was de telefoon die hij bij zich had. Kunt u mij vertellen waar u bent? Dan wordt u straks thuis opgehaald.'
Silvia zakt geschokt neer op de grond. 'Bedoelt u... Bedoelt u dat hij dood is?'
'U krijgt straks meer te horen, mevrouw. Blijft u nu vooral rustig wachten.'
'Rustig? Nee, ik wil het nu horen, daarna krijgt u pas mijn adres. Dat begrijpt u toch wel?' Silvia's stem slaat over.
'Het spijt me vreselijk, mevrouw. De man die we gevonden hebben is inderdaad overleden.'
'Maar dat kan helemaal niet, dat moet iemand anders zijn.'
'Het lijkt erop dat hij met een te hoge snelheid een afdaling maakte en uit de bocht is gevlogen. Het gros van de wegen heeft hier geen reling. Hij moet een inschattingsfout gemaakt hebben. Het spijt me vreselijk, mevrouw.'
'Nee, nee,' zegt ze vol ongeloof. 'Vincent maakt geen inschattingsfouten. Hij is een ervaren fietser. Hij heeft hooguit een wat slechte conditie, maar hij weet echt wel hoe hij een bocht moet nemen, ook als dat in volle vaart is. Bovendien is hij sterk genoeg om zo'n val te overleven,' voegt ze er nu vastberaden aan toe.
'Ik begrijp dat het voor u allemaal nog heel onwerkelijk is, maar uw man is echt overleden. Hij is verkeerd terechtgeko-

men en heeft zijn nek gebroken. Vreselijke pech.'
'Maar hij heeft nooit pech. Hebt u bewijs voor me? Een identiteitskaart of iets?'
'Deze telefoon. Het is het enige wat we in zijn fietstasje hebben gevonden, samen met een bandenplakset en wat energierepen. Geen paspoort, rijbewijs of ander identiteitsbewijs. Geen verzekeringspasje. Ik vrees dat we u nodig hebben voor een identificatie. Waar bevindt u zich op dit moment?'
'In ons vakantiehuis aan de Bruderhalde.'
'Dan stuur ik direct een auto om u op te halen, mevrouw.'
'Schiet maar op, dan kan ik u in één oogopslag vertellen dat u zich vergist hebt. Het is niet mijn Vincent die u hebt gevonden.' Silvia loopt naar het raam in de hoop dat ze Vincent alsnog aan ziet komen rijden.
'Er is een auto onderweg. Ik zie u straks, mevrouw...?'
'Mulder. Silvia Mulder.'
'Oké, dank u wel. *Tschüss.*'

Silvia houdt de telefoon nog een tijdje tegen haar oor, nadat de verbinding allang is verbroken. Het wegleggen van het toestel betekent dat ze terug moet naar de realiteit, en dat kan ze niet, dat wil ze niet. Niet als Vincent in die realiteit ontbreekt. Zolang ze het ontkent, is het niet waar en komt hij hier straks gewoon binnenlopen. Ze ziet al voor zich hoe hij enigszins beschaamd vertelt dat de tocht toch wat zwaarder was dan hij van tevoren had ingeschat. Samen zullen ze er met een goed glas wijn om kunnen lachen. Dat is hoe de avond moet verlopen. Van een ander scenario wordt ze spontaan misselijk. Stel dat hij tegen haar advies in toch wat extra oxazepam had genomen? Stel dat hij daar zo versuft van was geraakt dat hij de weg niet meer kon volgen? Maar die vreselijke gedachte probeert ze snel weer te verbannen. Hij maakte een goede en fitte indruk toen hij wegfietste, en bovendien trekt hij nooit zomaar zijn eigen plan zonder dat met haar te delen. Ze hoopt dat die politieauto snel komt, zodat ze zekerheid heeft. Als ze ergens niet tegen kan, is het onduidelijkheid. Ze moet altijd weten waar ze aan toe is. En het idee dat er iets met Vincent is gebeurd, is eenvoudigweg te verschrikkelijk om toe te laten. Ze neemt haar plek voor het raam weer in en blijft daar staan totdat de politieauto voor de deur stopt.

4

Nadat de politie heeft aangebeld, loopt Silvia met moeite naar de deur. Haar lijf werkt niet mee, alsof ze de controle kwijt is. En als ze eindelijk de deurknop in haar hand heeft, aarzelt ze. Ze is bang voor wat er in gang wordt gezet als ze de deur opent. Stel dat haar wereld waarin Vincent straks gewoon na een pittige fietstocht weer veilig thuiskomt voorgoed eindigt? Dat mag niet gebeuren, en ze is bang dat ze dat zelf ook niet zou overleven.

De bel gaat voor een tweede keer en ze weet dat ze er niet langer aan kan ontkomen. Ze begint met een kier en trekt hem dan helemaal open. Ze krimpt meteen ineen als ze de ernstige gezichten van de agenten ziet. Gezichten waarop ze geen enkele hoop op goed nieuws kan vinden.

'Silvia Mulder?' vraagt de kleine agente. Haar mannelijke collega – die twee koppen groter is – heeft uit respect zijn pet afgezet. Silvia knikt en stelt de vraag die ze eigenlijk niet durft te stellen. 'De fiets die jullie hebben gevonden... Welke kleur had die?'

'Rood met zwart.'

Silvia wankelt en grijpt zich vast aan de deurpost om niet te vallen. De agente steekt behulpzaam een hand uit en pakt haar bij de arm. Haar grip is stevig en dat geeft enige troost. Silvia laat zich naar binnen voeren en wordt zachtjes op de bank gezet. De agenten nemen tegenover haar plaats. De mannelijke agent gaat op Vincents plek zitten, en Silvia kan het niet aanzien. 'Kunt u misschien een stukje opschuiven? Daar zit Vincent altijd en...'

De agent knikt begripvol en schuift helemaal naar de andere kant van de bank.
'Uw man is vanmiddag rond twee uur gevonden in de buurt van het Adler-Skistadion. Een andere mountainbiker zag hem liggen en heeft het alarmnummer gebeld. We gaan ervan uit dat uw man een bocht verkeerd heeft ingeschat en eruit is gevlogen. Zo'n val hoeft niet meteen dodelijk te zijn, maar in het geval van uw man… Hij is ongelukkig terechtgekomen en heeft zijn nek gebroken. We vermoeden dat hij vrijwel op slag dood was.'
'Dus… dus hij heeft niet geleden?' weet ze stamelend uit te brengen.
De agente schudt haar hoofd. 'Gewoon vreselijke pech.'
'Ik kan het maar niet geloven.' Silvia schudt haar hoofd en verbergt haar gezicht in haar handen. 'Dit kan toch niet waar zijn?'
'Had uw man zorgen?'
'Hoe bedoelt u?'
'Was er iets wat hem bezighield waardoor hij misschien minder goed oplette?'
'Hij was in zijn hoofd altijd met zijn werk bezig. Hij heeft, had…' Silvia sluit haar ogen even en schraapt haar keel. Ze barst voor het eerst in snikken uit en het duurt even voordat ze zichzelf weer onder controle heeft. De agenten wachten rustig tot ze weer voldoende gekalmeerd is om het gesprek voort te zetten.
'Even mijn neus snuiten en een slokje water drinken. Kan ik u ook iets aanbieden? Wat onattent dat ik dat nog niet heb gedaan. Sorry.'
'Nee hoor, wij hoeven niets,' antwoordt de agente, en haar collega knikt instemmend.
'Zo terug.' Silvia haast zich naar de keuken. Om een gil te onderdrukken knijpt ze haar vuisten samen. Met trillende handen draait ze vervolgens de kraan open en maakt haar

polsen nat. Het koele water over haar huid kalmeert enigszins. Ze dept haar polsen droog en snuit haar neus in een flink stuk keukenrol. Het glas dat ze vanochtend bij haar ontbijt heeft gebruikt, vult ze met water dat ze in een paar grote slokken achteroverslaat. Hijgend blijft ze staan, terwijl haar handen op het aanrechtblad rusten. Voordat ze terugloopt naar de huiskamer haalt ze nog even een stukje keukenrol langs haar ogen. De agenten kijken haar verwachtingsvol aan als ze weer tegenover hen plaatsneemt. 'Pardon. Waar waren we gebleven?'

'Bij de vraag of uw man zich ergens zorgen over maakte.' De agente vergezelt haar vraag met een meelevende glimlach.

'Vincent was een succesvol zakenman, en in een bedrijf zijn er altijd wel zorgen.'

'Kunt u iets specifieker zijn?'

'Hij moest samen met zijn zakenpartner beslissen over een samenwerking met een Spaans bedrijf. Zijn zakenpartner wilde de deal doorzetten, maar Vincent twijfelde. Voordat hij op de fiets stapte, heeft hij nog met zijn zakenpartner Sebastiaan Vos gebeld. Dat gesprek liep niet helemaal zoals hij hoopte, dus het is goed mogelijk dat hij daar nog mee zat, ja.'

'Had uw man een testament?'

'Ja. Vincent en ik zijn op huwelijkse voorwaarden getrouwd. We hebben het er vaker over gehad om het om te zetten naar gemeenschap van goederen, maar dat hebben we uiteindelijk nooit gedaan vanwege zijn zaak. Hij wilde niet dat ik aansprakelijk zou zijn als er iets misging.'

'Zakelijk en privé gescheiden houden, hè.'

'Inderdaad.'

'Had u een goed huwelijk, mevrouw Mulder?' De blik van de agente is nu ernstig.

'Waarom stelt u zoveel vragen? Is dat gebruikelijk bij een ongeluk?'

'Gewoon routine. Niets om u zorgen over te maken. Zou u de vraag willen beantwoorden?'

'Vincent en ik hielden heel veel van elkaar, maar van een romantische relatie was geen sprake meer.' Silvia voelt een steek van verdriet wanneer ze dit uitspreekt.

De agente knikt en haar collega maakt een notitie. 'Waren er plannen om te scheiden?'

'Ook die vraag vind ik nogal privé, maar: ja, die waren er. Vincent wilde ermee wachten tot die zakelijke deal rond was, en dat vond ik prima.'

'Maar die deal was dus hoogst onzeker, doordat uw man twijfels had gekregen.'

'Inderdaad.'

'Wat zou er gebeuren als de deal niet doorging? Zou dat invloed hebben op de termijn waarop u zou gaan scheiden?'

'Pardon?' Silvia vermoedt dat de agente heel bewust alle vragen stelt en dat haar mannelijke collega zich heeft voorgenomen zo begripvol mogelijk mee te knikken.

'Of u dan eerder zou gaan scheiden.'

'Dat denk ik wel, ja. Maar daar hebben we het nog niet specifiek over gehad. En dat zal nu nooit meer kunnen.' Silvia gaat steeds zachter praten. Bij elk woord dringt het een beetje meer door dat Vincent nooit meer terugkomt. 'Kan ik hem zien?' vraagt ze resoluut. 'Ik moet hem zien om het honderd procent zeker te weten. Misschien is er een vergissing gemaakt en gaat het om iemand die erg op hem lijkt...' Tegen beter weten in schiet ze terug in de ontkenning. Ze gaat wat meer rechtop zitten en de druk op haar schouders en borst lijkt iets af te nemen. Maar dat blijkt van korte duur.

De agente staat op. 'Ik zal even bellen met agent Ründfunk om te vragen hoe het ervoor staat met het bergen van het lichaam. U zult het lichaam van uw man officieel moeten identificeren, waarna wij het papierwerk zullen afhandelen.'

Papierwerk. Vin, voor hen ben je gewoon een stapeltje administratie waar je altijd zo'n hekel aan had.
De agente loopt naar de gang en sluit de deur. Haar collega blijft in de huiskamer zitten en samen luisteren ze naar het onverstaanbare gesprek dat achter de deur klinkt.
'We kunnen op ons gemakje die kant op, Heinrich,' zegt ze tegen haar collega als ze weer binnenkomt. 'Ze zijn uw man een beetje voor u aan het opknappen,' laat ze Silvia weten. 'Dat neemt nog maximaal een halfuurtje in beslag, dus ik stel voor dat we vast die kant op gaan.'
'Vindt u het goed als ik even een broodje smeer? Ik heb nog niets gegeten en ik voel me ontzettend slap. We zouden samen uit eten gaan. Hij zou me hier komen ophalen, maar...'
Ze kan haar zin niet afmaken.
'Smeert u dat broodje maar. Wij wachten in de auto op u.'
Silvia vlucht naar de keuken en ontdooit in de magnetron twee kaiserbroodjes. Ze smeert er wat boter op en doet er een plak ham en kaas op. De meeste mensen zouden op zo'n moment geen enkele eetlust meer hebben, maar Silvia is altijd een uitzondering geweest. Als ze verdrietig is of problemen heeft, neemt haar eetlust juist toe. Tijdens haar jeugd was ze al een troosteter, en dat is in de loop van haar leven niet veranderd. Dankzij de nodige discipline is het haar altijd gelukt om haar figuur daar niet te veel onder te laten lijden. Ze stopt de broodjes samen met een blikje cola en een flinke dot keukenrol voor de tranen in haar tas, en blijft even besluiteloos staan als ze zichzelf in de magnetron weerspiegeld ziet. Kan ze het maken om mee te gaan in joggingpak, of moet ze zich wat netter aankleden? Ze strijkt liefdevol over het rode V'tje op haar heup en de donkerblauwe stof om haar bovenbeen. Vin zou het alleen maar waarderen als ze in een van zijn ontwerpen naar hem kwam kijken, en wat anderen daarvan vinden kan haar eigenlijk niet schelen. Ze trekt haar witte gympen aan die bij de deur staan en loopt naar buiten. De agenten

zitten in de auto met draaiende motor op haar te wachten. Ze stapt achterin en klikt de gordel vast. In een rustig tempo rijden ze naar het plaatselijke mortuarium, terwijl Silvia haar broodjes opeet en wegspoelt met cola.

'Ik hoop dat u er geen last van krijgt,' merkt de agente op. 'Bij de meeste mensen blijkt hun maag niet bestand tegen de aanblik van een overledene.'

'Mijn maag is het probleem waarschijnlijk niet.' *Maar stel dat mijn hart hier helemaal niet tegen bestand is?* Als de agente voor het mortuarium stopt en de handrem aantrekt, grijpt Silvia met beide handen de bekleding van de achterbank vast. De spanning in haar lijf is nu haast ondraaglijk en ze trilt van de zenuwen.

'Hebt u al eens eerder een overledene gezien?' vraagt Heinrich als hij haar de auto uit helpt. Hoe de agente heet weet ze nog steeds niet. 'Mijn grootouders. Geen prettig gezicht.'

'Bereid u er maar op voor dat de aanblik van uw man ook naar zal zijn. Ze zullen hem wel een nekkraag om hebben gedaan om zijn hoofd te stabiliseren. We zouden u dit alles graag besparen, maar helaas is dat niet mogelijk.' Hij richt zich tot zijn collega: 'Dagmar...'

Ze heet dus Dagmar.

'... bel jij even met Ründfunk om te vragen hoe het er binnen voor staat?'

De agente loopt een eindje bij hen vandaan met haar telefoon aan haar oor. 'Nog tien minuutjes,' deelt ze mee als ze zich weer bij hen voegt. 'We kunnen vast naar binnen gaan en een kopje koffie halen,' stelt ze voor. 'Franka vangt ons op.'

'Laten we dat doen,' zegt Heinrich, en hij kijkt Silvia aan. Ze is te gespannen om überhaupt na te denken over wat ze wil, en het makkelijkst lijkt haar om gewoon bevestigend te knikken.

Deel 2

Groningen en omstreken

5

De laatste klanken van 'My Way' ebben weg. Silvia stopt de doorweekte zakdoek in haar tas. Ze heeft de hele uitvaart haar ogen uit haar kop gejankt. Ze ziet er als een berg tegen op om straks al die condoleances in ontvangst te moeten nemen. Er zijn nog meer mensen gekomen dan ze had verwacht. Ze weet zeker dat het merendeel hier uit nieuwsgierigheid is. En dan heeft ze het nog niet eens over de pers, die buiten staat te wachten om een glimp van de kersverse weduwe op te vangen zodat ze weer wat kunnen publiceren in hun ranzige blaadjes. Het liefst zou ze nu verdwijnen. Terug in de tijd gaan om samen met Vincent te zijn. Hem verliezen is nog erger dan ze had gedacht. Ze wist niet dat je vanzelfsprekendheid zo kon missen. Even een grapje, even met elkaar kletsen en knuffelen. Het is allemaal verleden tijd, en Silvia voelt zich leeg. Haar vriendinnen proberen haar wel te troosten, maar ze houdt het contact af. De enige persoon die ze wil zien is er niet meer.

Sebastiaan zit naast haar en knijpt zachtjes in haar knie. Ook hij was compleet in shock door Vincents dood. Ze waardeert het gebaar van medeleven, maar tegelijkertijd is ze ook boos op hem. Als hij Vincent niet zo had gepusht om tegen zijn zin in met de Spanjaarden in zee te gaan, hadden ze hier misschien niet gezeten. Dan was hij zorgeloos op de fiets gestapt. Als hij niet zo aan het piekeren was geweest, dan zou hij die bocht niet hebben gemist. Dat weet ze vrijwel zeker. Wat ze ook vrijwel zeker weet, is dat de oxazepam niet de oorzaak is van het noodlottige ongeluk. Meteen nadat de politie haar had teruggebracht naar het vakantiehuis, is ze naar boven gerend. Met Vincents dode gezicht nog op haar netvlies heeft ze de pillen in het potje naast zijn bed geteld. Er ontbrak er slechts één: de pil die hij de avond ervoor had ingenomen. Ze had er het afgelopen jaar een gewoonte van gemaakt om dagelijks zijn voorraad pillen na te tellen, omdat ze zeker wilde weten dat hij er niet te veel nam. Dus tenzij hij een geheime voorraad had waar zij niets van afwist, was hij niet versuft geweest door extra kalmeringspillen.

Haar blik dwaalt via het opzichtig grote rouwboeket van de Spanjaarden af naar een man die net als zij op de eerste rij zit. 'De vipplekken' zou Vincent gekscherend gezegd hebben. De man staart met een grimmig gezicht voor zich uit. Het is Vins oudere broer Jeroen, die niet de moeite wilde nemen om zijn dementerende vader mee te nemen naar de begrafenis van zijn zoon. Ze heeft nooit goed kunnen opschieten met haar zwager of zijn vrouw Caro, die kaarsrecht naast haar man zit. Haar handen liggen gevouwen in haar schoot, en op haar hoofd zit een strakgetrokken knot. Haar gezicht vertoont zo mogelijk nog minder emotie dan dat van Jeroen. Hij is altijd jaloers geweest op Vincent en heeft nooit kunnen verkroppen dat zijn kleine broertje succesvoller was dan hij. Bij de paar gelegenheden dat ze elkaar de afgelopen jaren hebben gezien, had Jeroen altijd wel een rotopmerking paraat, ook voor Silvia. 'Je kent die uitdrukking toch wel van die oude fiets? Wedden dat hij je snel weer inruilt voor een jonger exemplaar?' Of: 'Je bent eigenlijk meer een moeder voor Vincent. Omdat we haar zo vroeg zijn verloren, heeft hij altijd een moedercomplex gehad. Daarom valt hij op oude vrouwen.'

In het begin had Silvia zich gekwetst gevoeld, maar Vincent had haar snel van die gevoelens afgeholpen. 'Hij kan het gewoon niet hebben dat ik zo'n mooie vrouw heb en hij zo'n chagrijnig secreet. Vuur bevriest nog in de buurt van Caro terwijl jij...' Hij had haar eerst gekust voordat hij verderging. 'Terwijl jij spontaan vuur laat ontbranden.'

Vincent was altijd in staat geweest om haar onzekerheden en twijfels in een mum van tijd weg te nemen. Voor de buitenwereld was hij die keiharde zakenman, maar zij kende de ware Vincent. Lief, attent, grappig en zorgzaam – ook toen het vuur tussen hen gedoofd was.

Nu de muziek is gestopt, begint er zacht geroezemoes te ontstaan in de aula van het uitvaartcentrum. Vincents jeugdvriend Pim, die de afscheidsdienst op verzoek van Silvia heeft geleid, nodigt de aanwezigen uit om langs de kist te lopen en Vincent een laatste groet te brengen. Daarna zijn er hapjes en drankjes in de grote zaal, en kan er op Vincent geproost worden. Op de nabijgelegen begraafplaats Esserveld zal slechts een intiem clubje aanwezig zijn bij het ter aarde laten van de kist. Het liefst had Silvia dat alleen gedaan met Pim en Sebastiaan, maar voor de lieve vrede had ze Jeroen en Caro plus nog wat vage ooms en tantes en nichten en neven ook een uitnodiging hiervoor gestuurd.

Onder gekuch en geritsel van kleding stromen de rijen met stoelen langzaam leeg. Silvia laat haar blik langs de mensen gaan die de kist passeren. Haar adem stokt als ze hem ziet staan. Wat doet híj hier? Hij is wel de laatste die ze hier wil hebben. Zo ongepast. Hij maakt een diepe buiging bij Vincents kist alsof ze goede vrienden waren. Ze wil hem bij de kist vandaan sleuren en met een rotschop eruit bonjouren, maar ze houdt zich kalm uit respect voor Vincent. De pers zou smullen van een relletje en het zo uitvergroten dat het Vincents nagedachtenis besmeurt. En dat wil ze absoluut niet. Bovendien wil ze de man die daar bij zijn kist staat geen aandacht geven. Ze kan het zich niet veroorloven dat iemand haar met hem in verband brengt. Ze staat er niet voor in dat hij zijn mond houdt als hij in de spotlight komt te staan. Hij is te dol op aandacht. En op geld.

6

De laatste schep zand wordt door Silvia op de kist gegooid. Ze krimpt ineen als het zand het hout raakt. De gedachte dat Vincent straks onder de grond ligt, bezorgt haar een vlaag van paniek. Zo koud, donker en verstikkend. Dit heeft hij niet verdiend.

Haar hoofd zit vol met vragen waar ze nooit antwoord op gaat krijgen. Stel dat hij wel nog in leven was en ze de scheiding hadden doorgezet? Zou ze zich dan ook zo vreselijk verloren hebben gevoeld? Of is dat niet te vergelijken, omdat hij er dan in elk geval nog was? Ze probeert die vragen uit haar gedachten te verbannen. Ze moet verder. Ook zonder Vincent, en ook voor hem. Morgen heeft ze een afspraak met de notaris om over de erfenis te praten. Daar is ze nog helemaal niet klaar voor en ziet ze als een berg tegen op.

Ze werpt een laatste blik op het graf en blaast er een handkus naartoe. Hij heeft een mooi plekje gekregen. De bosrijke omgeving van de begraafplaats is precies wat Vincent gewild zou hebben, maar die gedachte kan haar vooralsnog niet troosten. Met lood in haar schoenen loopt ze bij de plek vandaan waar Vincent achterblijft. Bij elke stap breekt haar hart een stukje verder. De tranen stromen onophoudelijk en ze doet geen enkele poging om ze tegen te houden. Daar heeft ze simpelweg de kracht niet voor.

Jeroen en Caro komen naast haar lopen. Alsof ze het zo hebben afgesproken, sluiten ze haar tussen hen in. Aan Jeroens emotieloze blik is niet te zien dat hij net zijn broer heeft

begraven. Het voelt niet prettig dat ze zo dicht bij Silvia komen nu zij haar emoties niet onder controle heeft.
'Je doet het goed, hoor,' begint Jeroen.
'Vandaag?' Ze kan zijn opmerking niet goed plaatsen. 'De verdrietige weduwe spelen.' Zijn stem klinkt nu ijzig.
'Pardon? Spélen? Vincent was alles voor me, dat weet je best.'
'Vincents bankrekening, zul je bedoelen. Daar is het je altijd om te doen geweest, en door die scheiding uit te stellen heb je nu je zin. Hoe voelt dat nou, om ineens zo rijk te zijn?'
'Dit is niet het moment om zo'n gesprek te voeren, Jeroen. Ik ben kapot.'
'O, het lijkt mij juist een heel geschikt moment.'
'Ik weet niet wat jij je in je hoofd haalt, maar al het geld van de wereld kan Vincent niet vervangen. Ik zou alles wat ik bezit opgeven als ik hem daarmee terugkreeg.' In haar plotselinge woede slaat haar stem over.
'Kom op, Silvia, maak jezelf niet zo belachelijk met je krokodillentranen.'
Als Silvia hem aankijkt, ziet ze pure haat op zijn gezicht.
'Wat is jouw probleem eigenlijk? Wat heb ik je misdaan?'
'Je hebt net zo lang op Vincent ingepraat tot hij mij en onze vader onterfde en jij de enige begunstigde zou zijn van zijn vermogen. Op huwelijkse voorwaarden: mijn reet.'
'Je ziet spoken, Jeroen. En Vincent kon heel goed voor zichzelf denken.'
'Ach, hou nou toch op, Sil. Als jij tegen Vincent zei dat hij door een brandende hoepel moest springen, dan deed hij dat. Hij heeft altijd naar jouw pijpen gedanst en is zijn familie daarbij uit het oog verloren.'
'Misschien moet je eens bij jezelf te rade gaan in plaats van mij de schuld te geven. Misschien waren jij en Vin wel niet zo close omdat je een jaloerse eikel bent.' Ze kan zich nu niet langer inhouden. Ze moet het voor Vincent opnemen en voelt zich hierdoor gesterkt.

Jeroens gezicht wordt rood van woede.

'Dat neem je terug, kreng. Ik pik het niet dat je zo over mijn man praat,' sist Caro.

'O jeetje, het kan praten.' Silvia werpt een minachtende blik op haar schoonzus. 'Maar vertel me eens, Jeroen. Hoe kom je aan die kennis dat ik Vins enige erfgename zou zijn? Ik heb morgen pas een afspraak met de notaris.'

'Ik heb wat huiswerk gedaan en via het Centraal Testamentenregister de notaris achterhaald die Vincents testament heeft opgemaakt. Daarna heb ik contact opgenomen met de betreffende notaris, maar die wilde me inhoudelijk niets vertellen over het testament omdat ik geen direct belanghebbende ben. Oftewel: geen erfgenaam.'

'Zo wilde Vincent het blijkbaar. En wie heeft hem al die jaren bijgestaan en geholpen met zijn bedrijf? Jij in elk geval niet. Je hebt nog nooit iets voor Vin gedaan. Dus wat had je dan verwacht?'

'Ik laat me niet zomaar onterven, Sil. Ik ga dit aanvechten.'

'Bespaar je de tijd en de moeite, want je maakt geen enkele kans. De wens van de overledene moet altijd gerespecteerd worden, dat zal een rechter ook vinden. Bovendien kan ik dit er nu echt niet bij hebben. Denk aan de fantastische broer die je door een vreselijk ongeluk bent verloren. Niet aan zijn geld.'

'Is dat zo? Ik vraag me namelijk af of het wel een ongeluk was. Vincent was toch een ervaren fietser?'

'Wat wil je nou suggereren?'

'Misschien heeft iemand hem een handje geholpen in die bocht... Hem een zet gegeven of zo... Iemand die achter zijn geld aan zat...'

'Bedoel je dat jíj in Titisee was toen Vin verongelukte?' bijt ze hem toe. 'Want volgens mij zit er maar één iemand achter zijn geld aan.'

'Het blijft verdacht dat Vincent dat ongeluk kreeg voordat

hij van jou gescheiden was. Dat zal ik ook aan de politie vertellen.'
'De politie heeft het onderzoek al afgerond, Jeroen. Wat ben jij een triest figuur. Je hebt nooit aan je broer kunnen tippen, en dat weet je.'
Jeroen dreigt nu zo te zien zijn zelfbeheersing te verliezen. Hij balt zijn vuist, maar Caro pakt zijn arm voordat hij kan uithalen. 'Laat je niet zo opnaaien door die trut. We pakken haar wel.' Hij schudt Caro van zich af en trekt zijn jasje recht. Terwijl Caro zijn stropdas goed doet, gaat Silvia er vlug vandoor.

7

Er lijkt geen eind aan de rij mensen te komen. Silvia kan het haast niet meer opbrengen om nog meer condoleances in ontvangst te nemen. Ze heeft geen hand meer over en moet er nog zeker een stuk of twintig schudden. *Waar waren al deze mensen toen je nog leefde, Vin?* De zoveelste onbekende man knijpt met een meelevende blik haar hand fijn. Op de automatische piloot mompelt ze een bedankje zonder te hebben gehoord wat hij zei. Jeroen en Caro staan een meter bij haar vandaan ook handen te schudden. Ze keuren haar geen blik waardig. Als de man eindelijk haar hand loslaat en doorloopt, heeft ze meteen spijt dat ze hem niet langer aan de praat heeft gehouden. De man die nu op haar afloopt, wil ze al helemaal niet spreken. Ze vindt het ronduit schaamteloos dat hij hier vandaag is.

'Remco, wat doe jíj hier?' sist ze in zijn oor als hij naar voren buigt om haar een zoen op haar wang te geven. Het liefst zou ze hem een klap verkopen, maar ze wil vooral niet de aandacht van mensen trekken. 'Je hebt hier niets te zoeken.'

'Ik dacht dat je wel wat troost en warmte kon gebruiken nu je lieve echtgenoot dat niet meer aan je kan geven,' zegt hij cynisch. 'Dus ik dacht: ik ga Sil eens even opbeuren. Dat werkte niet zo lang geleden nog heel goed.'

'Ik dacht dat ik duidelijk was geweest toen ik zei dat ik je niet meer wil zien. En zeker vandaag niet. Ben je niet goed bij je hoofd? Je moet nu echt gaan, ook uit respect voor Vincent.'

'Rustig aan, zeg. Waar komt dat humeur vandaan? Je zou blij moeten zijn nu je zwemt in het geld.'
'Jij bent echt niet goed. En denk maar niet dat ik jou iets verschuldigd ben.'
'Dat is nou altijd zo jammer, hè. Wat zijn rijke mensen toch gierig. Nooit bereid om iets te delen.'
Silvia heeft het gevoel dat ze elk moment kan ontploffen. Stelletje aasgieren. Remco kan wel een team vormen met Jeroen, maar ze houdt wijselijk haar mond. Het laatste wat ze wil is hem op nog meer slechte ideeën brengen. Ondertussen klinkt er uit de wachtrij ongeduldig gekuch, en ze ziet een paar mensen vanuit hun ooghoeken naar de catering loeren. Die zijn zeker bang dat ze misgrijpen bij de broodjes en koffie. Ze kan zich al helemaal inbeelden hoe mensen straks hun commentaar zullen geven. *Gewone witte en bruine bolletjes met kaas en vleeswaren en een simpele bak koffie? Wel een beetje karig voor iemand die zo rijk is. En Vincent was juist zo'n gulle man.* Drie keer raden wie de schuld en de bagger weer over zich heen krijgt. Het besef dat ze het deze keer helemaal in haar eentje moet verwerken, zonder Vincents troostende stem en nuchtere grapjes, maakt haar intens verdrietig.

Die gedachte aan Vincent zorgt ervoor dat ze geen seconde langer in de buurt wil zijn van de man die tegenover haar staat. Ze geeft hem zo onopvallend mogelijk een schop tegen zijn voet. 'Wegwezen, nu!' Ze duwt hem richting Jeroen en richt zich meteen tot de volgende in de rij die zijn gezicht in de plooi trekt en haar hand pakt. Zonder na te denken zet ze door, tot er niemand meer over is. Pas dan kijkt ze voorzichtig naar rechts. Remco is gelukkig vertrokken. Als ze de volle zaal afspeurt, ziet ze hem nergens staan. Het kan natuurlijk dat hij zich ergens in een hoekje schuilhoudt om haar straks weer lastig te vallen, maar voor nu kan ze opgelucht ademhalen.

Ze voelt een hand op haar schouder en maakt van schrik een sprongetje.

'Slecht geweten, Sil?' vraagt Sebastiaan grinnikend.
'Dat denkt blijkbaar iedereen hier,' mompelt ze onverstaanbaar.
'Wat zeg je?'
'Dat ik me doodschrok.' Ze hoopt dat hij er niet over doorvraagt.
'Een perfecte woordspeling voor deze gelegenheid,' merkt Sebastiaan droog op.
'Ha, dat was een van de dingen die Vin zo leuk aan je vond.' Ze laat in het midden of zij zelf ook van zijn grapjes gecharmeerd is.
'In diezelfde categorie: heb je het overleefd?'
Ze haalt haar schouders op. 'Het is behoorlijk aan me voorbijgegaan. Ik voel me nogal verdoofd. Ik zal blij zijn als ik zo naar huis kan.'
'Voordat je vertrekt wil ik je even aan iemand voorstellen.' Sebastiaan zet een stap opzij en nu pas ziet Silvia een kleine man met gitzwart haar en een flink gebruind gezicht staan. Ze schat in dat hij de één meter zestig net haalt.
'Dit is Diego, de man die graag een samenwerking wil aangaan met V-Suit. Hij is speciaal naar Nederland gevlogen om zijn medeleven te tonen.'
'*Es terrible, es terrible. Mi más sentido pésame por esta gran pérdida*,' zegt Diego, terwijl hij Silvia's hand pakt en er een kus op drukt.
'Hij zegt dat hij het vreselijk vindt en condoleert je met het grote verlies,' vertaalt Sebastiaan. In tegenstelling tot Silvia spreekt hij wel wat basiswoorden Spaans.
'*Gracias*.' Haar hand trekt ze snel terug. Het gevoel van die zuigende lippen op haar huid bezorgt haar kippenvel. 'Ik ga even een broodje halen, heren, voordat ik omval.' Ze wil weglopen, maar Sebastiaan houdt haar tegen.
'Wij... eh, Diego en ik vroegen ons eigenlijk af of je al weet hoe het verdergaat met V-Suit. We begrijpen dat je hoofd

daar nu helemaal niet naar staat, maar de zaken lopen door. We willen je graag ontlasten, dus als je mij jouw fiat geeft, dan zorg ik dat het allemaal in orde komt.'

'Dat heb je goed ingeschat, Sebas. Mijn hoofd staat daar inderdaad niet naar. Maar ik ben nog wel in staat om beslissingen te nemen. Heel lief aangeboden, maar nee, je krijgt geen fiat van me. Ik heb morgen een gesprek met de notaris om Vincents erfenis te bespreken en daar valt V-Suit ook onder. Daarna ga ik voor mezelf de balans opmaken.'

'En hoe lang denk je daarvoor nodig te hebben?'

'Sebas, alsjeblieft. Zodra ik alles op een rijtje heb, ben jij de eerste die het hoort, oké?'

'Meen je dat of bedoel je dat cynisch?'

'Vat het op zoals je wilt.'

'Jemig, Sil, waarom doe je zo moeilijk?'

'Dus ik doe moeilijk, terwijl jij me op de begrafenis van mijn man al zakelijke vragen begint te stellen? Beetje ongepast, vind je niet?'

'Nou ja, weet je, Diego is nu toch in Nederland. Het zou toch mooi zijn als de deal zo snel mogelijk rond is?'

'Ik denk daar toch echt anders over.'

Sebastiaan kijkt geschrokken en trekt wit weg. Het mogelijke verlies van de deal lijkt hem zwaarder te vallen dan het verlies van zijn vriend en zakenpartner.

'Ja, ik zeg het maar zoals het is, Sebas. Jij en ik weten allebei hoe Vin erin stond. Hij was vastbesloten de boel af te blazen als een aantal voorwaarden niet werden aangepast. Misschien moet je de dagen dat Diego in Nederland is daaraan besteden. Overtuig hem ervan dat de productie in Europa moet blijven, daarna praten we verder.'

'Ik weet niet of dat me lukt voordat hij weer naar Spanje vertrekt.'

'Dan moet je beter je best doen. Mijn hoofd staat er nu niet naar om dingen te overhaasten. En er gebeurt niets voordat ik zwart op wit zie staan dat er aan Vincents voorwaarden wordt voldaan.'

'Maar Sil...' Sebastiaan wil een hand op haar schouder leggen, maar ze ontwijkt hem. 'Dag Sebas, als je het niet erg vindt ga ik me nu weer op het verlies van Vin richten. We spreken elkaar wel weer.'

Deze keer is het Diego die haar tegenhoudt door haar hand te pakken. Voor een mannetje met zo'n klein postuur heeft hij een verrassend stevige greep. *'Hablaremos pronto, Silvia.'* Hij kijkt haar recht aan en zijn ogen lijken nog donkerder.

'Hij zegt dat jullie elkaar snel zullen spreken,' vertaalt Sebastiaan.

'O, zeker weten. Ik weet alleen niet of het gesprek de inhoud heeft die hij voor ogen heeft.' Met een ferme ruk weet Silvia haar hand te bevrijden. Hoewel ze het liefst ter plekke zou verdwijnen, recht ze haar rug en gaat er met een strak gezicht vandoor. Ze heeft een hekel aan zulke zakenmannetjes die denken dat de wereld van hen is. Met veel liefde heeft ze Vincent al die jaren geadviseerd, maar ze was altijd blij dat ze zich er verder buiten kon houden. Dat is nu voorbij. En juist voor hem zal ze zich nu niet klein laten maken, maar het spel meespelen. Ze moet zijn eer hooghouden.

Op de cateringtafel liggen nog maar een paar broodjes. Als Silvia een flinke hap wil nemen, tikt er iemand op haar schouder. Geërgerd draait ze zich om, ervan uitgaande dat Sebas nog een laatste poging wil doen. Haar gezichtsuitdrukking verzacht als ze ziet dat het haar oude buren uit Delfzijl zijn. Ze kan zich niet herinneren dat ze hun de hand heeft geschud tijdens de condoleance. 'Amélie en Aart, wat ontzettend lief dat jullie zijn gekomen.' Ze geeft hun beiden een knuffel.

'Het was steeds zo druk, en we wilden je niet storen,' licht Aart toe.

'We vinden het zo erg van Vincent. We konden het gewoon niet geloven. Sinds jullie zijn verhuisd hebben we elkaar natuurlijk niet meer zoveel gesproken, maar we wilden je graag sterkte komen wensen. We weten hoe het voelt om iemand van wie je zoveel houdt te verliezen. Dat verdriet gun je niemand.'

Silvia vindt het vreselijk om te zien hoe slecht vooral Amélie eruitziet. Ze is flink afgevallen sinds Silvia haar voor het laatst heeft gezien. Haar huid is rimpelig en bleek, en in haar ogen lijkt permanent verdriet te schuilen.

'Dank jullie wel. Ik waardeer het enorm. Gaat het een beetje met jullie?'

'Ach, we proberen de moed erin te houden, maar het is pittig.'

'Gelukkig hebben we elkaar.' Amélie legt haar hand op Aarts arm.

'En Lauren natuurlijk,' vult Silvia aan.

De gezichten van Aart en Amélie betrekken bij het horen van de naam van hun dochter, en Silvia heeft meteen door dat ze een gevoelige snaar heeft geraakt.

'We hebben niet zoveel contact met Lauren, die is druk met haar werk en zo,' verzucht Aart.

'Wat doet ze tegenwoordig?'

'Ze is een aantal jaar advocaat geweest en werkt nu als hulpofficier van justitie.'

'Slechteriken achter de tralies krijgen. Nou, dat is iets om trots op te zijn,' zegt Silvia om een positieve draai aan het gesprek te geven. Aan de onveranderde gezichtsuitdrukkingen van haar oude buren ziet ze dat er veel meer speelt. Maar ze voelt ook dat dit niet het moment is om door te vragen.

Amélie en Aart denken er blijkbaar ook zo over, want Amélie probeert snel de aandacht van hen af te leiden. 'Maar wat een schok, zo'n tragisch ongeluk. Hij is dus met de fiets gevallen? Waar is het gebeurd?' vraagt ze, en ze pakt Silvia's hand.

De kou van Amélies hand trekt in de hare en bezorgt haar een rilling. 'Met zijn mountainbike, ja. Hij heeft blijkbaar te snel een scherpe bocht genomen en is heel ongelukkig gevallen. We waren er even tussenuit in ons vakantiehuis in het Zwarte Woud. We trokken die dag ieder ons eigen plan en zouden 's avonds samen uit eten gaan. Hij kwam maar niet opdagen, en toen ik hem voor de zoveelste keer belde nam een agent op.' Ze moet even slikken bij die afschuwelijke herinnering.

'Wat vreselijk. Het wachten, en dan dat moment waarop alle hoop verdwijnt. Wij zullen die dag waarop we hoorden dat we onze Celeste voorgoed kwijt waren nooit meer vergeten. We worden er elke dag aan herinnerd. En dan is Lauren nu ook nog eens...'

'Wat is er met Lauren?' Door Amélies openheid voelt Silvia zich toch vrij om door te vragen.

'We hebben van ons nichtje Saar moeten horen dat ze met een of andere Franse journaliste meewerkt aan een podcast. Ze proberen Celestes moordenaar vrij te krijgen. Haar moordenaar! We... we zijn er nogal kapot van.' Amélie begint zwaar te ademen en Aart slaat een arm om zijn vrouw heen.

'Ik denk dat wij maar weer eens op huis aan gaan. Het is nog een stukje rijden naar Delfzijl. Heel veel sterkte, Silvia. Altijd welkom voor een kop koffie als je eens in de buurt bent. Je weet waar we wonen.' Hij klopt haar onhandig op haar schouder.

'Voordat jullie gaan, zou ik Laurens telefoonnummer mogen? Ik heb haar al zo lang niet gesproken, en ik ben eigenlijk wel heel benieuwd hoe het haar de afgelopen jaren is vergaan. Zij moet ook zoveel verdriet te verwerken hebben.'

Als ze het nummer van haar oude buurmeisje heeft gekregen, geeft Silvia Aart een snelle knuffel. Amélie houdt ze iets langer vast. 'We spreken elkaar,' fluistert ze in haar oor. 'Hou je taai.'

Silvia kijkt het stel enigszins beduusd na. Het idee dat ze zojuist heeft gezien wat intens verdriet met een mens kan doen, geeft haar een naar gevoel. Toch neemt ze zich voor om haar uiterste best te gaan doen om zich niet door haar verdriet te laten opvreten. Het is nu nog niet voor te stellen, maar ze zal zich ook zonder Vincent redden. Hij zou het vreselijk hebben gevonden als zij al haar levenslust verliest. Voor hem wil ze het proberen.

Ze kijkt naar het broodje dat ze nog steeds in haar handen heeft. Als ze haar tanden erin zet, moet ze concluderen dat het er helaas niet smakelijker op is geworden. Toch eet ze het tot de laatste kruimel op. Ze moet koste wat het kost overeind blijven. Morgen belooft weer een zware dag te worden. Hoewel ze in grote lijnen weet wat de notaris haar zal vertellen, bezorgt de afspraak haar een zenuwachtig gevoel.

8

Klop, klop. Zonder op antwoord te wachten zwaait Silvia de deur van de vergaderruimte open.
'Sil! Hadden wij een afspraak? We zitten midden in een bespreking. Ik gok dat we over een uurtje klaar zijn, dan heb ik tijd voor je,' zegt Sebastiaan met een mix van ergernis en ongeduld. Hij schuift wat ongemakkelijk heen en weer op zijn stoel. Diego zit met een tolk tegenover hem en verwijdert met een verveeld gezicht wat vuil van onder zijn nagels. Hij neemt niet eens de moeite om Silvia aan te kijken en te groeten. Ze sluit de deur en loopt naar het hoofd van de tafel: de plek waar Vincent altijd zat. Als Sebastiaan of Diego op die plek was gaan zitten, weet ze niet of ze voor zichzelf in had gestaan. 'Wat ik hier doe? Mijn functie als mededirecteur vervullen.'
'Sil, nogmaals, we zitten in bespreking.'
'Dat weet ik, daarom ben ik ook hier. Was je vergeten om me op de hoogte te stellen van deze vergadering?' Ze is inmiddels gaan zitten.
'Waarom zou ik...'
'Nou ja, kan gebeuren, ik vergeet ook weleens wat. Gelukkig heb ik goede contacten die wél aan me denken. Misschien kun je even kort samenvatten wat jullie tot nu toe besproken hebben.'
'Silvia, echt, wat doe je hier? Je hebt hier niets te zoeken.' Sebastiaan staat op uit zijn stoel. 'Kom, ik loop met je mee naar buiten.'

'Volgens mij begrijp je het niet helemaal. Ik bezit de helft van dit bedrijf, dus vanaf nu ben ik overal bij en gebeurt er niets zonder mijn medeweten en goedkeuring.'

'Jij hebt al Vincents aandelen gekregen?' Sebastiaans ogen worden groot.

'Het staat allemaal zwart-op-wit in zijn testament. Ik kan je een uitdraai geven als je het niet gelooft.'

Sebastiaan gaat met een verslagen gezicht weer op zijn stoel zitten.

'Wat had je dan gedacht, Sebas? Dat hij jou nog wat aandelen cadeau zou doen, zodat je zijn levenswerk kunt ruïneren? Want dat is toch wat je aan het doen bent? Je probeert achter mijn rug om die deal door te drukken. Een deal waarvan je weet dat Vincent er in deze hoedanigheid niet achter zou staan. Hij heeft heel goed aangevoeld dat hij de verantwoordelijkheid niet bij jou kon neerleggen. Vin vertrouwde mij wél volledig, en daarom ben ik hier. Vanaf nu gebeurt er niks zonder mijn goedkeuring.'

'Sil, je maakt het echt onmogelijk voor me.' Aan Sebastiaans gezicht is te zien dat hij in paniek begint te raken.

'Als wij elkaar vanaf nu als volwaardige zakenpartners behandelen, is er echt niks aan de hand. Dus: wat hebben jullie besproken voor ik binnenkwam?'

'We waren het contract aan het doornemen op de laatste puntjes,' antwoordt Sebastiaan met duidelijke tegenzin.

'Heb je een kopietje voor me?'

'Eh, nee.'

'Dan gaan we dat eerst maar eens regelen.' Vastberaden loopt ze naar Sebastiaan toe en grist het stapeltje papieren dat voor zijn neus ligt bij hem vandaan.

'Hé, dat is privé.'

'Heb je niet goed geluisterd, Sebas? Vanaf nu delen wij zulke zakelijke dingen met elkaar.' Ze loopt met het stapeltje naar de secretaresse van V-Suit. 'An, zou jij hier even een kopietje van willen regelen? Sebastiaan was vergeten om de papieren voor me klaar te leggen.' Ze geeft Anneke een knipoog en de secretaresse moet moeite doen om haar lachen in te houden. Annekes loyaliteit aan Vincent heeft ervoor gezorgd dat Silvia vanochtend een belletje kreeg over de vergadering van Sebastiaan en Diego waar mogelijk de beslissende handtekeningen gezet zouden worden. In eerste instantie was Silvia na het telefoontje in bed blijven liggen. Vergaderen was wel het laatste waar ze nu op zat te wachten. Ze kon alleen maar aan Vincent denken en had die dag hun trouwfoto's willen bekijken, om naast het verdriet ook mooie herinneringen naar boven te halen. Maar na een paracetamol en een flinke kop koffie had ze zichzelf bijeengeraapt en was ze in de auto gestapt.

Terwijl Silvia op de gang staat te wachten op de kopietjes, heeft Sebastiaan de deur geruisloos gesloten. Met de stapel papieren in haar hand loopt ze terug naar de vergaderruimte. Sebastiaan en Diego zitten dicht bij elkaar te smoezen en vallen nu abrupt stil. Met opgetrokken wenkbrauwen kijkt ze Sebastiaan indringend aan. 'Praat gerust door, hoor, anders zou ik maar denken dat jullie geheimen voor me hebben, en we hadden net afgesproken dat we open kaart zouden spelen.' Silvia gaat demonstratief zitten en gooit de stapel papieren op tafel. Ze begrijpt nu precies waarom Vincent de laatste tijd zo onder spanning stond. Het conflict met Sebas zorgde duidelijk voor een flinke vermindering van zijn werkplezier. En dat neemt ze dat geniepige Spaanse mannetje hier voor haar vooral kwalijk.

'Sil, wat is het plan?' vraagt Sebastiaan ongeduldig, terwijl zij begint te lezen.

'Misschien wil jij zo lief zijn om even koffie voor me te halen, terwijl ik deze stukken doorneem? Zwart, graag.' Ze kijkt hem glimlachend aan.

Sebastiaan mompelt iets wat op een vloek lijkt en verlaat

geïrriteerd de ruimte. Al snel volgt Diego hem. De tolk kijkt heel ongemakkelijk en lijkt niet zo goed te weten of hij moet blijven of opstappen.

'Je zit mij niet in de weg, hoor,' zegt Silvia vriendelijk. 'Sterker nog, ik ben wel benieuwd wat de heren aan het bekokstoven waren toen ik even op de gang stond te wachten.'

'Als er privédingen besproken worden, dan gaan mijn oren op slot, mevrouw. Ik zou u dus niks kunnen vertellen.'

'Niet kunnen of niet willen?'

Stilte.

'Zeg, wie betaalt eigenlijk je factuur?'

'De heer Gómez heeft me ingehuurd.'

'Hebben we het dan over Diego? Ik ken hem alleen bij zijn voornaam.'

De tolkt knikt.

'En stel nou dat ik je een hoger bedrag bied?'

De tolk wordt rood tot in zijn nek. 'Probeert u me om te kopen?'

'Nee, natuurlijk niet. Dan huur ik je in.'

'Nee, hoor. Nee, dat kan ik echt niet doen.'

'Oké, dan niet.' Ze concentreert zich weer op het conceptcontract. Met een pen die op tafel ligt, onderstreept ze een aantal dingen die haar niet aanstaan.

'Het is geen onwil,' stamelt de tolk, 'eerder een onmogelijkheid.' Zijn ogen staan angstig.

'Hoe heet je eigenlijk?'

'Javi. Javi Martínez.'

'Spaanse roots?'

'Mijn vader is Spaans. Ik ben tweetalig opgevoed. Mijn vader kent Diego van vroeger en is hem nog iets verschuldigd.'

'En dus moet jij hier zijn. Lekker is dat.'

Javi haalt zijn schouders op. 'Dat is nou eenmaal hoe het werkt.'

Silvia krijgt medelijden met de jongeman, en haar wantrouwen naar Diego wordt met de minuut groter. Ze weet zeker dat de productie nooit in de handen van zo'n rat als hij mag komen. Sebastiaan kan hoog of laag springen, maar zij gaat er niet in mee. Als ze bij de laatste twee A4'tjes is aanbeland, komen Sebastiaan en Diego weer binnen. Zonder koffie en beiden met een verbeten blik.

Zonder in te gaan op hun ongeduld en irritatie leest Silvia de laatste twee pagina's door en onderstreept een paar passages zo stevig dat de punt van haar pen door het papier gaat. Een paar minuten later brandt ze los. 'Goed, ik ben nu ook bij. Samenvattend kan ik nu al zeggen dat ik dit contract nooit ga ondertekenen. Ik wil zwart-op-wit hebben dat de productie in Europa blijft en dat er niets verandert voor ons personeel. Verder staat de winstverdeling me ook niet aan, dus aan die percentages moet nog worden gesleuteld. Deze deal lijkt op de korte termijn heel aantrekkelijk omdat er snel gecasht wordt, maar ik kijk ook graag naar de toekomst. Dat zul je toch met me eens moeten zijn, Sebas.'

'Dit is een prima deal, Sil. En beeld je eens in wat je allemaal met dat geld kunt doen als we nu met Diego in zee gaan.'

'Geld interesseert me niet, Sebas. Het enige wat ik wil is V-Suit in de lucht houden op een manier die Vincent had gewild. En dat is zeker niet met deze deal. Hij zou zich omdraaien in zijn graf.'

'Jij hebt makkelijk praten, hè. Sinds Vincents dood ben je *loaded*. Je kunt het je misschien niet voorstellen, maar er zijn ook mensen die keihard moeten werken voor elke cent.'

'Heb je het nou over jezelf? Doe niet zo zielig, man. Je hebt geld zat verdiend de afgelopen jaren.'

'Je hebt echt geen idee waar je het over hebt. Sinds wanneer kun jij in mijn portemonnee kijken?'

'Sinds Vincent de cijfers van V-Suit met mij deelde, en dat deed hij al heel wat jaren. Dus hier trap ik niet in. Wij hebben veel meer aan een hoger winstpercentage. En laat Diego zich

dan maar voor een lager bedrag in V-Suit inkopen.' Ze wappert demonstratief met de papieren.
Ondertussen is Javi druk bezig haar woorden voor Diego te vertalen. De Spanjaard begint steeds woedender te kijken. Sebastiaan lijkt er nogal nerveus van te worden, maar het laat Silvia volledig koud. Als Javi klaar is met vertalen, staat Diego op en begint in hoog tempo in het Spaans tegen Sebastiaan te schreeuwen. Javi moet zijn best doen om er met zijn vertaling bovenuit te komen. Silvia hoort een paar keer het woord *puta* vallen. Sebastiaan stamelt onverstaanbaar en corrigeert de Spanjaard niet één keer. Bij de zoveelste *puta* is Silvia het zat en ze slaat met haar vuist op tafel. 'Basta!' Zelfs Diego valt even stil door haar harde schreeuw.
'Zeg tegen hem dat ik me zo niet laat behandelen,' snauwt ze tegen Javi. 'Als hij zaken met me wil doen, zal hij respect moeten tonen. Als hij zich niet normaal kan gedragen, eindigt de hele samenwerking hier.'
Terwijl Javi haar woorden vertaalt voor Diego, richt ze zich tot Sebastiaan. 'Met zo iemand wil ik geen zakendoen. Hij bekijkt het maar met zijn grote bek. Ik ben er klaar mee.'
'Sil, laat je nou niet zo meeslepen. Je weet toch wat ze zeggen over het temperament van Spanjaarden? Je moet het niet zo persoonlijk opvatten. Kom op, nu niet zo moeilijk doen.'
'Ik, moeilijk? Jíj hebt hem dingen beloofd die je niet waar kunt maken, Sebas, niet ik. Je hebt dit hele gedoe aan jezelf te danken. Nu mag je het ook zelf oplossen. De deal is *off*!'
Diego springt op uit zijn stoel en grijpt Sebastiaan bij zijn strot voordat hij kan opstaan. De Spanjaard sist iets in zijn moedertaal wat Sebastiaan ook zonder tolk uitstekend lijkt te begrijpen. Silvia probeert Diego uit alle macht bij een doodsbange Sebastiaan vandaan te duwen. Het lijkt effect te hebben, want Diego laat los, maar dan richt hij zich met gebalde vuist tot haar. De blik in zijn ogen toont dat hij niet zal aarzelen om haar een klap te verkopen.

'Als je het maar uit je hoofd laat,' gromt ze hem toe. Javi vertaalt haar woorden met bibberende stem. Diego slaakt een kreet, maar laat zijn arm zakken. Hij werpt haar een vernietigende blik toe, steekt een waarschuwende vinger op richting Sebastiaan en stuift dan naar buiten. Javi haast zich achter hem aan. Als Sebastiaan ook wil volgen, slaat Silvia de deur dicht en gaat ervoor staan. 'Hier blijven, jij. Je bent zijn hondje niet. Heb je dan helemaal geen zelfrespect? Hij vliegt je aan, scheldt je verrot en jij pikt het allemaal vanwege een deal?'

'Silvia, je hebt geen idee wat je zojuist over jezelf hebt afgeroepen. Diego laat het hier niet bij zitten. Hij wil dat we onze afspraken nakomen en hij zal er alles aan doen om dat voor elkaar te krijgen.'

'Niet onze afspraken, Sebas, jóúw afspraken. Ik wil niets met hem te maken hebben en als je te schijterig bent, wil ik hem dat best zelf vertellen. Over mijn lijk dat V-Suit ooit een overeenkomst tekent met die gek!'

'Ik zou dat maar niet te hard roepen, Sil. Je brengt mensen zomaar op ideeën.'

'Sta je me hier nou te bedreigen, Sebas?' Silvia knijpt haar ogen tot spleetjes.

'Beschouw het als een waarschuwing. Die deal moet hoe dan ook doorgaan. Ik vind wel een manier om je zover te krijgen.'

'Wat bezielt jou? Ik ben blij dat Vincent dit idiote gedrag van je niet meer hoeft mee te maken. Het zou zijn hart breken, Sebas, waar je nu mee bezig bent. Je was nota bene zijn vriend.' De tranen springen in haar ogen.

'Sil...' Sebastiaan doet een stap in haar richting.

'Nee, we zijn klaar voor nu. Ga maar thuis afkoelen en bel me wanneer we normaal kunnen praten.' Ze opent de deur, en als Sebastiaan de vergaderruimte verlaat moet ze zich inhouden om hem geen duw te geven.

Als hij een stukje de hal in is gelopen, draait hij zich om. 'Hier ga je spijt van krijgen, Silvia. Heel veel spijt. Je hebt geen idee hoe erg je ons beiden in de problemen brengt.'

Silvia staat te trillen op haar benen, en als Sebastiaan het pand heeft verlaten barst ze in huilen uit.

9

Het is te stil in huis. De muren komen op Silvia af en niets helpt. Het verdriet om Vincent in combinatie met haar woede op Sebastiaan maakt haar radeloos. Uit frustratie geeft ze de lege pizzadoos op tafel een zet. Ze heeft behoefte aan een wijntje, maar als ze op het punt staat een fles open te trekken, ziet ze er toch van af en gaat weer op de bank zitten. Drinken doet ze alleen in gezelschap, en juist nu maakt het idee van een glas wijn drinken zonder Vincent haar nog verdrietiger. Even speelt ze met de gedachte om zich te verdoven met een oxazepam, maar ook dat doet ze niet. Ze heeft hem altijd zo gewaarschuwd voor die troep.

Er moet iets gebeuren, anders wordt ze gek. Ze kijkt op haar horloge. Het is te laat om ergens aan te kloppen voor een kop koffie. En naar wie zou ze toe moeten gaan? Er is niemand in haar kennissenkring aan wie ze nu behoefte heeft. En op nieuwsgierige vragen zit ze al helemaal niet te wachten. Ze wil alleen zijn, maar ook weer niet. Die besluiteloosheid past niet bij haar. Zonder Vincent lijkt ze niet meer te weten wie ze zelf is.

In haar hoofd speelt ze de afgelopen dagen nog eens af. De begrafenis, de notaris en het drama op kantoor. Ze kan nog steeds niet geloven dat zowel Jeroen als Sebastiaan heeft geïnsinueerd dat zij iets met Vincents dood te maken heeft. Ze zouden eens moeten weten hoe ze zich nu voelt. En als mensen in haar naaste kring al zo denken, wat voor verhalen gaan er dan rond in de buitenwereld? Eigenlijk kan ze het ook wel uittekenen. De erfenis wordt vast gezien als een motief. Altijd maar weer dat gezeik over geld. Stel dat ze het grootste deel van haar vermogen aan een goed doel zou schenken? Iets met kinderen. Zij en Vincent konden geen kinderen krijgen, en ze zou graag iets geven aan ouders die het aan financiële middelen ontbreekt. Daarna zou ze ergens in het buitenland opnieuw kunnen beginnen.

Die fantasie probeert ze weer snel uit haar hoofd te bannen. Hoe groot de verleiding ook is, ze weet dat het niet kan. Ze kan V-Suit niet de rug toekeren; ze is het Vincent verschuldigd. Zeker nu Sebastiaan er overduidelijk een potje van maakt. Ze begrijpt niet wat er ineens in die man is gevaren. Hoe vaak had ze Vincent de afgelopen jaren horen roepen dat hij zo blij was dat hij zijn vriend Sebas erbij had gehaald? Ze voelden elkaar perfect aan. En nu dit. Heeft Sebastiaan hen allebei al die tijd voor de gek gehouden en was hij erop uit om zijn eigen koers te gaan varen?

Hoewel ze Sebastiaans dreigementen heel vervelend vindt, neemt ze ze niet echt serieus. Ze vindt zijn gedrag absurd, maar kan zich niet voorstellen dat hij haar ooit iets aan zou doen. Als hij wordt gedwongen om te kiezen tussen haar en Diego, dan gaat hij voor haar. Dat weet ze zeker. Ze hoopt dat Sebastiaan na een nachtje slapen inziet dat hij echt te ver is gegaan. Ze zal hem even laten zweten, maar zijn excuses uiteindelijk wel accepteren. Ze moet wel, anders kan ze geen bedrijf met hem runnen.

Als ze haar handen op haar knieën legt, merkt ze dat ze trillen. Ze moet iets doen tegen de onrust. Zal ze in bad gaan? Zou dat haar helpen om te ontspannen? Slapen kan ze met zo'n gestrest lijf wel vergeten, en ze heeft haar rust zo hard nodig. Maar het idee van in bad liggen bezorgt haar een claustrofobisch gevoel. Ineens weet ze wat ze gaat doen. Ze loopt naar de badkamer, haalt een kam door haar haren en maakt een staart. Met wat foundation werkt ze de donkere kringen rond haar ogen weg en haar lippen bewerkt ze subtiel met lichtroze lippenstift. Ze wrijft wat kreukels uit haar rok en loopt naar beneden. Met haar nieuwste clutch – ze geeft weinig om spullen, maar heeft wel een zwak voor iets te dure tassen – onder haar arm en de autosleutels in haar hand stapt ze de deur uit nadat ze het alarm heeft geactiveerd. Ze heeft behoefte aan de plek waar ze eenzaam kan zijn zonder dat ze alleen is.

Het is gezellig druk in café De Oude Wacht als ze aan de bar gaat zitten. De barman komt meteen naar haar toe en geeft haar een knuffel, terwijl hij vanuit zijn ooghoeken naar de lege kruk naast haar kijkt. Hij tapt een biertje en zet het voor haar neer. 'Deze is van het huis, Sil.' Hij legt zijn hand even op de hare en tapt ook een biertje voor zichzelf. Hij tikt zijn glas tegen dat van haar en kijkt omhoog. 'Op jou, Vin. Ik hoop dat ze daarboven ook lekkere biertjes hebben.'

Silvia laat haar lippen in de royale schuimkraag verdwijnen en neemt een paar slokken. Tijd om rustig van haar biertje te genieten krijgt ze niet. Een forse man met een houthakkersblouse neemt plaats op de kruk naast haar. Met zijn elleboog rustend op de bar en zijn hand onder zijn kin kijkt hij haar schuin aan. 'Het lijkt erop dat je wel toe was aan een drankie, wijffie. Wil je d'r over praten, terwijl we er samen eentje drinken?'

'Lief aangeboden, maar laat me maar even.'

'Gemiste kans, hoor. Ik kan heel goed luisteren.' Zijn blik blijft rusten op haar trouwring.

'Ah, ik begrijp het al. Relatiesores. Is-ie er met een jonger exemplaar vandoor?'

'Pardon?'

'Ja, niet dat je er oud uitziet hoor, helemaal niet... Je ziet er fantastisch uit. Ik ben Henk, trouwens.'

'Dank voor het compliment, Henk.'

Hij schuift wat dichter naar haar toe. Silvia kan zijn aftershave ruiken. Iets met eucalyptus. Ze verplaatst naar de rand van haar kruk om de afstand weer wat groter te maken. Hoe subtiel ze ook te werk gaat, Henk heeft het meteen in de gaten. 'Dat jouw vent je bedondert, wil niet zeggen dat alle mannen slecht zijn, hoor. Ik durf van mezelf te zeggen dat ik best deug. Ik denk dat wij samen best veel lol kunnen hebben.' Hij lacht een kaarsrecht gebit bloot.
'Weet je wat het is, Henk… Weet je waarom ik hier zonder mijn man zit?'
'Dat kan ik wel raden.'
'Nee, Henk, dat kun je niet. Mijn man is dood. Dát is waarom de kruk naast me leeg was. Op de plek waar jij nu zit, hoort hij te zitten. Ik ben niet op zoek naar lol. Ik wil gewoon mijn verdriet hier een beetje wegdrinken. Zo duidelijk genoeg?'
'Jeetje, wijffie, wat vind ik dat lullig voor je. Als je behoefte hebt aan troost, weet je met te vinden. Ik heb grote armen waar je in kunt verdwijnen. Je hoeft het maar te zeggen, hoor.'
'Dag Henk.' Ze gaat met haar rug naar hem toe zitten en klokt de rest van haar biertje in één keer achterover. In plaats van dat Henk opstapt, blijft ze zijn aanwezigheid voelen. Haar ergernis neemt toe en van het ontspannen aan de bar hangen komt niets terecht. Zuchtend staat ze op van haar kruk. Ze zwaait naar de barman en bedankt hem voor het biertje.
'Tuurlijk, Sil. Hou je taai.'
Ze wurmt zich door de kletsende menigte heen en is opgelucht als ze buiten de frisse lucht inademt. Hoe heeft ze ooit kunnen denken dat ze hiervan zou opknappen? Als ze via het steegje naast de kroeg naar haar auto loopt, hoort ze voetstappen. Die Henk zal haar toch niet achterna zijn gekomen? Zonder om te kijken begint ze sneller te lopen. Haar hakken tikken ritmisch op de kinderkopjes. De persoon achter haar schroeft zijn tempo ook op. Ze voelt haar lichaam verstarren

en kippenvel verspreidt zich over haar armen en rug. *Je ziet spoken, Sil. Je moet ook geen bier drinken als je je zo ellendig voelt.* Maar ze hoort dat er iemand dichterbij komt en krijgt zichzelf niet gekalmeerd.

Ze is halverwege de steeg als ze bij haar paardenstaart wordt gegrepen en met geweld naar achteren wordt getrokken. Voordat ze van zich af kan slaan, wordt er een arm om haar nek gelegd en zit ze klem. De druk op haar keel neemt toe en ze hapt naar lucht. Ze voelt de bedompte adem van haar belager in haar nek. Ze grijpt zijn arm vast en zet haar lange nagels erin. De man geeft geen krimp en verstevigt zijn greep om haar nek. Door het zuurstofgebrek neemt haar paniek toe. In een poging om los te komen, stampt ze met haar hak richting zijn voet, maar voordat ze de kans krijgt hem te raken, tilt hij haar met het grootste gemak op en bungelen haar voeten in de lucht. Als ze niet snel een beetje zuurstof krijgt, dan verliest ze het bewustzijn.

'Hé, wat moet dat?' hoort ze iemand aan het begin van de steeg schreeuwen. Ze voelt de druk op haar keel iets verminderen. Hollende voetstappen komen haar kant op. De man die haar probeert te wurgen heeft tot nu toe geen woord gezegd, maar nu gromt hij vlug in haar oor. 'Wees gewaarschuwd, de volgende keer loopt het anders af. Bemoei je niet meer met V-Suit.'

Haar belager laat haar los en maakt zich razendsnel uit de voeten. Ze kijkt hem na, terwijl ze naar adem hapt en haar best moet doen om overeind te blijven. Ze kan nog net zien dat de dader een donkerblauwe pet en een zwarte jas en broek draagt. Aan zijn voeten heeft hij opvallend witte sneakers. Om haar heen begint alles te draaien en ze voelt dat ze valt. Vlak voordat ze de grond raakt, grijpt iemand haar vast.

'Ik heb je hoor, wijffie. Ik zei toch dat ik sterke armen heb.' Zonder er verder bij na te denken klampt ze zich aan Henk vast, en ze laat haar tranen vrij stromen.

10

Als ze wakker wordt, gaat Silvia's hand direct naar de lege plek aan de linkerkant van het bed. De harde realiteit verdrijft het laatste restje slaap. Het duurt nog een halfuur voordat de wekker gaat, maar ze besluit er niet op te wachten. Ze is al blij dat ze ondanks haar bonkende hoofd überhaupt wat heeft geslapen. Ze voelt voorzichtig aan haar keel. De huid is dik en beurs. Slikken doet pijn. Nadat ze de vorige avond eindelijk kalmeerde in Henks armen, heeft hij haar in haar eigen auto thuisgebracht. Ze heeft even geprotesteerd toen hij haar autosleutels vroeg, maar stemde toen al snel in. Achter het stuur kruipen in die toestand was niet verstandig geweest.

Hoewel ze Henk in eerste instantie vermoeiend en opdringerig had gevonden, bleek hij juist het tegenovergestelde te zijn. Hij had haar haren gestreeld en haar het gevoel van veiligheid gegeven dat ze nodig had. Zonder bijbedoelingen, dat weet ze zeker. Als vrouw voel je zoiets. Ze wil er niet aan denken wat er zou zijn gebeurd als Henk er niet was geweest. Had die man haar dan echt gewurgd? En de grootste vraag: wie had die gek op haar afgestuurd? Zou Sebastiaan zijn dreigement hebben waargemaakt? De koude rillingen lopen weer over haar rug. Kan het echt zo zijn dat de man die zij en Vincent jarenlang als vriend hebben beschouwd niet aarzelt om haar uit de weg te ruimen als ze hem zijn zin niet geeft?

Haar gedachten gaan terug naar Henk. Hoe die beer van een vent, met zijn vriendelijke gezicht, haar auto had geparkeerd en haar eruit had geholpen. Haar naar de voordeur had gebracht. Ze had aangeboden om een taxi voor hem te bellen, maar dat had hij geweigerd. Een drankje had hij ook afgeslagen. 'Zorg jij nou eerst maar even voor jezelf, wijffie. Ik red me wel. Trakteer me maar op een biertje als je weer eens in De Oude Wacht bent.' Hij had keurig gewacht totdat ze veilig binnen was en de voordeur op het dubbele slot had gedraaid voordat hij met zijn handen diep weggestopt in de zakken van zijn vale spijkerbroek was vertrokken.

Eenmaal uit bed gestapt dient het volgende dilemma zich aan: moet ze de politie op de hoogte brengen van wat haar de vorige avond is overkomen, of zal ze Sebastiaan op de man af vragen of hij achter de aanval zit? Afhankelijk van hoe hij reageert, kan ze altijd nog besluiten om naar de politie te gaan. Haar leven is op dit moment al ingewikkeld genoeg en ze kan er eigenlijk niet nog meer gedoe bij hebben. Aangifte doen betekent eindeloos formulieren invullen, tig keer herhalen wat er precies is gebeurd. Bovendien heeft ze afgezien van haar blauwe strot geen bewijs van de poging tot wurging. Ze heeft geen goed signalement van haar aanvaller en ze is vergeten om Henks telefoonnummer te vragen. Hij is de enige getuige die haar verhaal kan bevestigen.

Ze besluit om het beetje energie dat ze heeft voor andere zaken te gebruiken. Prioriteit heeft het in goede banen leiden van V-Suit. Dat kan mét of zonder Sebastiaan. Als hij zich vanaf nu gedraagt mag hij blijven, en anders kan ze hem missen als kiespijn. Maar na gisteren voelt ze zich angstig, en ze kan er niet op rekenen dat Sebastiaan zich vrijwillig door haar laat uitkopen zodat zij V-Suit op een waardige manier kan leiden. *Wat moet ik doen, Vin? Jij weet altijd precies wat juist is.* God, wat mist ze hem. Het was zoveel makkelijker geweest als hij Sebas niet blind had vertrouwd en hem niet evenveel zeggenschap had gegeven. Maar het was vooral makkelijker geweest als hij hier nog bij haar was.

In de badkamer en suite bekijkt ze haar hals. De wurggreep

heeft behoorlijk wat schade aangericht, die in elk geval de komende dagen nog niet met een simpele foundation verbloemd kan worden. Vandaag zal ze een sjaaltje moeten omdoen. Ze pakt haar telefoon, die naast haar op de wastafel ligt, en maakt wat foto's van haar verwondingen. Als ze uiteindelijk toch besluit om naar de politie te gaan, dan heeft ze in elk geval bewijsmateriaal voor het dossier. En voor haarzelf vormen de foto's een reminder. Als de blauwe plekken en kneuzingen zijn verdwenen, helpen de foto's haar eraan herinneren dat niet iedereen het beste met je voorheeft. En dat ze vanaf nu op haar hoede moet zijn.

Ze verwijdert de afbladderende nagellak en restjes make-up van de vorige avond voordat ze de douche in stapt. In een poging de gebeurtenis uit te wissen, boent ze haar huid zo stevig met een spons dat het pijn doet. Maar als ze de kraan dichtdraait en zich afdroogt, voelt ze zich nog net zo rot en angstig als daarvoor. Ze neemt extra de tijd om zich op te maken. Niemand zal aan haar zien wat er daadwerkelijk aan de hand is. Uit haar kledingkast haalt ze een sjaaltje dat daar al veel te lang ongebruikt ligt. Het ruikt een beetje muf en ze spuit er wat parfum op voordat ze het zorgvuldig om haar nek knoopt. Niet te strak, niet te los, alle beurse plekken uit beeld.

Ze ergert zich aan haar trillende handen waar ze maar geen controle over lijkt te krijgen. Ook haar benen willen niet meewerken, waardoor ze wankel op haar hoge hakken staat. Ze ademt een paar keer diep in en uit voordat ze met haar telefoon in haar hand geklemd naar beneden loopt. Haar oog valt meteen op een briefje op de deurmat. Ze verstijft en houdt ongemerkt haar adem in. Wat nu weer? Langzaam loopt ze naar het briefje toe en raapt het op. De letters die erop staan dansen voor haar ogen en ze moet een paar keer knipperen voordat haar zicht weer helder wordt. Ze lacht opgelucht als ze leest wat erop staat: *Henk de Late 06-29375649.*

Voor als je een getuige nodig hebt of een biertje wil drinken. Fijne dag, wijffie.

Hij heeft duidelijk zijn best gedaan om het een beetje leesbaar te houden en gekozen voor keurige blokletters. 'Henk de Late,' herhaalt ze zachtjes. 'Volgens mij was je gisteren precies op tijd.'

11

Sebastiaans auto staat er al op het moment dat Silvia de parkeerplaats bij V-Suit op rijdt. Er gaat een schok door haar buik. Ze kijkt in de binnenspiegel en schuift het sjaaltje op zijn plek. In eerste instantie wil ze Sebastiaan confronteren zonder haar verwondingen te laten zien. Ze weet namelijk niet of ze zijn starende blik kan verdragen zonder in huilen uit te barsten. Hij mag haar niet zwak zien, want dat verslechtert haar onderhandelingspositie. Ze heeft afgelopen nacht uren liggen piekeren voordat ze eindelijk in slaap viel. Om van al het gezeur af te zijn moet ze Sebastiaan uitkopen. Ze kan hem niet meer vertrouwen. Ook als hij die enge kerel niet op haar af heeft gestuurd, verandert er voor haar niets. Hij heeft haar immers de vorige dag op kantoor bedreigd en met zo iemand kan en wil ze niet samenwerken. Ze is een stuk minder vergevingsgezind dan Vincent. Zo is ze altijd al geweest.

Voordat ze uit haar auto stapt slaat ze een kruisje. Niet omdat ze zo gelovig is, maar ze heeft op dit moment iets van steun nodig. Als ze het kantoor binnenloopt, wordt ze meteen hartelijk begroet door Anneke. 'Is Sebastiaan er?' Anneke knikt. 'Sinds vanochtend zeven uur al. We kwamen tegelijkertijd aan.'

'Wat was je vroeg.'

'Ja, ik moet vanmiddag naar de tandarts, dus ik ga straks iets eerder weg als dat goed is.'

'Natuurlijk. Heeft Sebastiaan nog afspraken vandaag?'

'Niet dat ik weet. Tenzij hij zelf iets heeft afgesproken met die enge Diego.' Anneke fluistert nu en kijkt schichtig om zich heen.

'Fijn om te weten dat ik niet de enige ben die die man niet vertrouwt.'

'Ik sta aan jouw kant hoor, tussen ons gezegd. Vincent moest ook niets van hem hebben. Ik begrijp eerlijk gezegd niet waarom Sebastiaan zo met hem dweept.'

'Dat begrijpt niemand, An. Sebastiaan zelf waarschijnlijk ook niet. Zou je een uurtje in onze agenda's willen blokkeren? Ik moet iets met hem bespreken en ik wil niet gestoord worden, door niemand.'

'Natuurlijk. Ga je naar zijn kamer?'

'Nee, de vergaderruimte. Ik wil het liever op neutraal terrein doen.'

'Ah, ik begrijp het. Hij was gisteren ook al niet echt voor rede vatbaar, hè?'

'Heb je het gesprek gehoord?'

Anneke loopt rood aan. 'Nou, eh, het was zo'n beetje onmogelijk om niets van het gesprek op te vangen. Jullie gingen nogal tekeer. Sorry, ik zal volgende keer even weglopen.'

'Maak je niet druk, zo bedoelde ik het niet. En als het aan mij ligt, komt er geen volgende keer. Ik wil dat we hier op een normale manier met elkaar omgaan en dat ga ik Sebastiaan nu vertellen.'

'Zal ik koffie brengen, met een broodje?'

'Graag. Ik heb nog geen tijd gehad om te ontbijten en je weet wat voor uitwerking een lege maag op me heeft,' zegt Silvia met een glimlach.

Anneke krimpt theatraal in elkaar. 'Zeker, dan vallen er doden.'

Silvia lacht. 'Let op je woorden, jongedame.'

'Ja baas. Eh, Sil, heb je last van je keel? Je stem klinkt zo schor.'

'Kougevat, denk ik. Niks om je zorgen over te maken, gaat vanzelf weer over.' Ze raakt automatisch het sjaaltje rond haar nek aan.
Anneke trekt een la van haar bureau open en reikt Silvia iets aan. 'Keelpastilles, ik zweer erbij.'
'Lief van je, An.' Silvia stopt er eentje in haar mond en wil Anneke de verpakking teruggeven.
'Hou maar, jij hebt ze harder nodig dan ik.'
Silvia loopt zuigend op haar snoepje naar het kantoor van Sebastiaan. Dat ligt een paar deuren verwijderd van het hare. De scherpe pepermuntsmaak brandt in haar pijnlijke keel. Het onderonsje met Anneke heeft haar goedgedaan; ze heeft in elk geval een medestander. Ze klopt op Sebastiaans deur en loopt naar binnen zonder op antwoord te wachten. Hij staat druk gebarend te telefoneren en keurt haar in eerste instantie geen blik waardig. Niet opzettelijk, merkt ze aan zijn schrikachtige reactie als hij haar ziet staan. Hij kapt zijn telefoongesprek onmiddellijk af en gaat achter zijn bureau zitten. 'Silvia.' Een diepe zucht. 'Wat kan ik voor je doen?'
'Volgens mij heb je al genoeg gedaan en daar gaan wij samen eens even over babbelen. Loop je even mee naar de vergaderruimte?'
Hij fronst zijn wenkbrauwen. 'Wat bedoel je? Kun je wat specifieker zijn? Ik heb het druk. Wat klink je schor, trouwens. Te lang gefeest in de kroeg gisteravond?'
'Hoe weet jij dat ik in de kroeg was?'
'Gokje.'
'Als je weet dat ik in de kroeg was, dan ben je hier zeker ook niet verbaasd over.' In een vlaag van woede trekt ze het sjaaltje van haar nek en laat hem de beurse, gezwollen plekken zien.
Sebastiaans mond valt open. 'Wat is dat in godsnaam? Wat is er met jou gebeurd?'
'Doe maar niet net alsof je nergens van afweet, Sebastiaan. Je weet dondersgoed wat er met me gebeurd is.'

'Je hebt je hals flink bezeerd, dat zie ik ja, maar wat heb ik daarmee te maken?'
'Daar heb jij álles mee te maken,' sist ze hem toe. 'Ik ben aangevallen en bedreigd door een vent toen ik naar mijn auto liep.'
'Wat doe je als vrouw dan ook alleen op straat?'
'Pardon?! Lekker de omgedraaide wereld, Sebastiaan!'
'Rustig maar, niet zo hysterisch. Hoe kun je trouwens denken dat ik iets met die aanval te maken heb?'
'De bedreiging was nogal concreet. Er werd me meegedeeld dat ik me niet meer met V-Suit moest bemoeien. Was jij niet degene die me gisteren vertelde dat ik nog "heel veel spijt ging krijgen"? Wie anders zou me moeten bedreigen?'
'Gisteren dikte ik het allemaal gewoon wat aan, Sil, dat meende ik niet echt.'
'Ik ben niet gecharmeerd van zulke spelletjes.'
'Ik ook niet, maar je liet me even geen keuze. Je bent zo stronteigenwijs. Je helpt de goede relatie die ik met Diego heb opgebouwd in één klap om zeep met je gedrag. Al die tijd en energie die ik daarin heb gestoken. Heb je enig idee hoe frustrerend dat is?'
'Ik kan me daar iets bij voorstellen en daarom ga ik je uit je lijden verlossen.'
'Hoe bedoel je?'
'Ik wil dat je je aandelen in V-Suit aan mij verkoopt. Ik ben bang dat het tussen ons niet gaat werken, en ik heb geen zin om de hele tijd brandjes te moeten blussen en kleine mannen met te grote ego's van me af te moeten slaan als ik het niet eens ben met jouw beslissingen. Als je je aandelen aan mij verkoopt, is dat een win-winsituatie. Jij hebt de cash waar je blijkbaar zo om verlegen zit en ik kan V-Suit runnen zoals Vincent het gewild zou hebben.'
Sebastiaan begint heel hard te lachen. 'Dit is echt de beste grap die ik in lange tijd heb gehoord, Sil. Maar eerlijk is eerlijk,

je brengt me wel op een idee. Misschien moet ik mijn aandelen maar aan Diego verkopen. Kunnen jullie het lekker samen uitvechten, terwijl ik met een schone lei kan beginnen.'

'Ik mag hopen dat dít een grap is. Maar dan wel een heel slechte.'

'Luister, Sil, er zijn twee smaken: óf je laat mij de dingen die met Diego in gang zijn gezet afhandelen, zonder gezeik en onder mijn voorwaarden, óf ik doe mijn aandelenportefeuille aan Diego over en dan zoeken jullie het maar uit. Diego laat zich in deze eindfase van de onderhandelingen echt niet meer aan de kant zetten en ik heb geen zin om de klappen op te vangen. Als je je er zo graag tegenaan wilt bemoeien, dan krijg je het hele pakket op je bord. Diego is niet de makkelijkste, weet je, hij waarschuwt meestal maar één keer. Je hebt gisteren blijkbaar een harde les gehad en ik adviseer je die ter harte te nemen.'

'Wil je nog steeds beweren dat jij er niets mee te maken hebt?'

'Waarschijnlijk heb je die vent in de kroeg een beetje zitten opgeilen en accepteerde hij niet dat je het uiteindelijk liet afweten.'

'Wat een bullshit. Die bedreiging ging zeer specifiek over mijn zakelijke rol. En waar haal je het gore lef vandaan om me ervan te beschuldigen dat ik vlak na Vins dood de kroeg in duik om iemand op te pikken?'

'Zou niet de eerste keer zijn, toch?' zegt hij, en hij glimlacht er zelfvoldaan bij. 'Doe nou maar niet net alsof Vin en jij elkaar trouw waren. De scheidingspapieren lagen al klaar en het is jammer dat je niet vóór Vins dood hebt getekend. Dat had mij nu een hoop kopzorgen bespaard.'

'Niet dat het je wat aangaat, maar dat had niets uitgemaakt; ik was in dat geval evengoed zijn erfgename geweest.'

'Blijf vooral in je eigen fabeltjes geloven, Sil. Ik ben er allang achter dat sprookjes niet bestaan.'

'Ik wil dat je nadenkt over mijn voorstel en dat je acties zoals gisteren in het vervolg uit je hoofd laat. Mij bedreigen werkt averechts.' Silvia knoopt haar sjaaltje weer om haar pijnlijke hals.

'Ik heb al nagedacht over je voorstel en het gaat niet gebeuren. No way dat ik mijn aandelen in V-Suit aan jou verkoop.'

'Ik bied meer dan Diego.'

'Dat valt te betwijfelen. En als het al zo zou zijn, dan zou het niet uitmaken. Principedingetje.'

'Ik wist niet dat jij principes had.'

'Sinds tien minuten heb ik er eentje bij: ik verkoop mijn aandelen niet aan iemand die me vals beschuldigt. Hoe haal je het in je hoofd om te denken dat ik die vent op je af heb gestuurd? Totdat je je excuses hebt aangeboden, praat ik niet meer met je.'

'Dan wordt het een lekker rustige ochtend.' Trillend van ingehouden woede verlaat ze Sebastiaans kantoor. Hoe graag ze het ook zou willen, ze smijt niet met de deur. Ze wil het graag beschaafd houden en zich niet tot zijn niveau verlagen. Ze houdt haar gezicht in de plooi als ze langs Anneke loopt. 'De koffie en broodjes staan klaar,' deelt die haar mee.

'Fijn, dank je wel, An.' Silvia loopt door naar de vergaderruimte. Ze draait de deur aan de binnenkant op slot en blijft even met haar ogen dicht staan voordat ze een kop koffie uit de thermoskan inschenkt. Haar maag knort hevig als ze een broodje geitenkaas met honing van de schaal pakt die Anneke heeft klaargezet. In ruziemaken op een nuchtere maag is ze nooit goed geweest. Ze neemt kleine hapjes om haar keel niet te veel te belasten. Ze herhaalt Sebastiaans woorden in haar hoofd en laat ze even goed doordringen. Hij weigert zijn aandelen aan haar te verkopen en wil haar als ze dwars blijft liggen rechtstreeks aan Diego koppelen. Als dat gebeurt en Diego volwaardig mede-eigenaar wordt van V-Suit, betekent dat het einde. Het zal nooit meer hetzelfde zijn of ook maar lijken op het bedrijf dat Vincent met zoveel toewijding heeft opgebouwd. Dat mag niet gebeuren. Ze moet die Diego buiten de deur zien te houden en een manier verzinnen om Sebastiaan weer aan haar kant te krijgen. En ze is zich er zeer bewust van dat de tijd dringt. Sebastiaans ongeduld en frustratie maken hem roekeloos en ze moet voorkomen dat hij onherstelbare schade aanricht en V-Suit de afgrond in duwt. Maar hoe?

12

Silvia ligt in haar badjas met een kop thee op de bank. Haar haar is nog vochtig van het bad dat ze heeft genomen en zit verstopt onder de handdoek om haar hoofd. Ze heeft haar benen gekruist en staart naar haar zongebruinde voeten. Op haar schoot ligt de nieuwe *Linda*. Hoewel ze het tijdschrift doorgaans in één ruk uitleest, is ze in het afgelopen halfuur niet verder gekomen dan de eerste pagina. Als iemand haar zou vragen wat ze nou precies gelezen heeft, dan zou ze het niet weten. Alles gaat langs haar heen.
Ze maakt haar duim en wijsvinger nat, bladert naar een volgende pagina en waagt een nieuwe poging. Binnen een paar seconden is ze alweer afgedwaald en ze gooit het tijdschrift op tafel. Dit werkt niet. En als het al niet lukt om iets te lezen, dan weet ze uit ervaring dat een film kijken al helemaal geen zin heeft. Het enige waar ze echt behoefte aan heeft is een vriendelijke, troostende stem die haar belooft dat het allemaal goed komt. Zal ze Henk bellen? Gewoon om hem nogmaals te bedanken en hem te vertellen dat het goed met haar gaat, ook al is dat een leugen? Of geeft ze daarmee een verkeerd signaal af? Zou hij denken dat ze zich heeft bedacht en meer van hem wil dan het biertje dat ze hem heeft beloofd als ze elkaar weer eens tegenkomen in De Oude Wacht? Of misschien zit hij helemaal niet te wachten op een telefoontje van haar...
Ze speelt wat met haar mobiel. Wel bellen, niet bellen? Ze scrolt door haar contactenlijst, maar uiteindelijk komt ze

toch weer bij zijn nummer uit. Als ze op het punt staat hem dan toch maar te bellen, hoort ze de brievenbus klepperen. Haar duim blijft zweven boven het scherm van haar toestel. Wie gooit er zo laat nog iets in de bus? Misschien een condoleancekaartje van een van de buren? Aarzelend komt ze van de bank en ze loopt naar de gang. De tegels voelen aangenaam koel onder haar blote voeten, maar toch overvallen de zenuwen haar. Ziet ze spoken of is het terecht dat ze argwanend is na de aanval van de vorige avond?

Op de deurmat ligt een briefje zonder envelop. Het is dubbelgevouwen en een beetje verkreukeld. Haar knieën maken een knakkend geluid als ze bukt en het opraapt. Ze stopt haar telefoon eerst in de zak van haar badjas voordat ze het papiertje openvouwt. Al het bloed trekt weg uit haar gezicht en ze moet steun zoeken bij de muur om niet te vallen.

Ik weet dat je hem hebt vermoord, en als je niet uit V-Suit stapt, weet de politie dat binnenkort ook.

Het is complete onzin, maar toch raakt ze in paniek. Weer een dreigement vanwege haar rol bij V-Suit. Weer een poging om haar ertoe te bewegen zich terug te trekken uit haar nieuwe positie. Sebastiaan weer? Of toch Jeroen? Het vervelende gesprek over de erfenis dat ze met hem en Caro op de begraafplaats heeft gevoerd, staat haar nog helder voor de geest. Ze herinnert zich elk woord nog. Jeroen vindt zichzelf door zijn bloedband met Vincent de rechtmatige erfgenaam, ook al dacht Vincent daar zelf heel anders over. Van de week heeft hij haar gebeld om dat allemaal nog eens op agressieve toon te herhalen. Op een gegeven moment was ze er zo klaar mee dat ze aankondigde dat ze ging ophangen en voordat hij kon tegensputteren had ze het gesprek beëindigd. Dat die telefoontjes geen zin hebben leek hij te begrijpen, want hij had het daarna niet meer geprobeerd. Maar misschien probeert hij haar nu op een nieuwe manier dwars te zitten. Is hij bereid om uit onvrede over Vincents erfenis zover te gaan? *O, Vin, je moest eens weten waar al jouw harde werken nu toe leidt. Waarom is iedereen op jouw geld uit?* Wat zou ze graag voorgoed naar hun vakantiehuis vertrekken. Of nog verder weg. Het zou een hoop ellende schelen als ze de stekker uit V-Suit trekt en Sebastiaan zijn gang laat gaan. Of als ze Jeroen zijn zin geeft en hem haar aandelen geeft. Want het ziet er niet naar uit dat de bedreigingen zomaar stoppen, en ze weet niet of ze daar wel tegen is opgewassen. De vorige avond was het goed afgelopen omdat Henk in de buurt was, maar stel dat haar aanvaller een tweede poging doet en er niemand is om haar te redden? Moet ze daadwerkelijk vrezen voor haar leven?

In het testament van Vincent is opgenomen dat wanneer zij komt te overlijden, haar aandelen naar Sebastiaan gaan. Heeft Vincent zich daar toch ooit iets over laten ontvallen tegen zijn zakenpartner? Als dat zo is, dan heeft hij een heel duidelijk motief. Sebastiaan heeft de afgelopen week meer dan duidelijk gemaakt dat hij haar uit V-Suit wil werken. Een kat in het nauw maakt rare sprongen en Sebas leek impulsief en uit paniek te handelen. Hoe langer ze erover nadenkt, hoe duidelijker het wordt dat er niets anders op zit. Ze moet ervoor zorgen dat ze hem een stap vóór blijft en alsnog naar de politie gaan om aangifte van mishandeling en bedreiging te doen. Jeroen zal ze in haar verhaal ook niet sparen. Het wordt tijd dat de politie op de hoogte is van de smerige strijd die er om Vincents vermogen wordt gevoerd, en hoe zij hier het slachtoffer van is geworden. Ze hoopt dat Henk nog steeds bereid is om te getuigen. Een goede reden om hem te bellen heeft ze nu in elk geval wel.

13

De deurbel gaat op het moment dat Silvia de douche in wil stappen. Ze vloekt binnensmonds en trekt haar badjas weer aan. Ze heeft zich verslapen. Wonder boven wonder heeft ze afgelopen nacht voor het eerst sinds Vincents dood eindelijk wat nachtrust kunnen pakken. Ze was zo diep in slaap dat ze de wekker op haar telefoon niet heeft gehoord. Misschien is het Anneke die komt checken of alles goed met haar gaat. Of stond er een vergadering gepland voor vandaag die haar even is ontschoten? Ze heeft haar nog niet laten weten dat ze de ochtend vrij neemt. Of zou het Henk zijn? Ze heeft om tien uur pas met hem afgesproken, maar misschien is hij voor de zekerheid wat eerder gekomen. Hij gaat met haar mee naar de politie om aangifte te doen.

Henk was duidelijk verrast toen ze hem de vorige avond laat belde. 'Hé, wat leuk dat je nog een beetje aan me denkt. Ik had je maar even met rust gelaten, wijffie. Ik dacht dat je daar behoefte aan had. Over een paar dagen had ik voorzichtig een belletje willen wagen om te vragen hoe het met je ging, maar kijk nou, je bent me voor.' Ze hadden het nog even over 'het incident' gehad en daarna had hij lekker tegen haar aan gekletst. Zij had vooral geluisterd en af en toe een 'ja' en 'hmhm' laten vallen, terwijl ze aan een koud wit wijntje nipte. Zijn zware stem had haar op de een of andere manier gekalmeerd en het trillen van haar handen en benen was eindelijk gestopt. Ze heeft het gevoel dat Henk op dit moment in haar leven precies de persoon is die ze nodig heeft.

Ze heeft hem niets verteld over het briefje dat de vorige avond door haar brievenbus is gegooid. Ze twijfelt of ze het met de politie zal delen of dat ze dat nog even voor zich zal houden. De tekst die erop staat is – hoe onwaar ook – een beschuldiging aan haar adres, en dat maakt haar verhaal misschien zwakker en haar aangifte minder kansrijk. Ze hoeft maar één agent te treffen die denkt 'waar rook is, is vuur' en haar kansen zijn verkeken. En ze zit er niet op te wachten dat alles rondom Vincents ongeluk weer naar boven wordt gehaald. Het is allemaal al moeilijk genoeg en ze probeert vooruit te kijken om niet weg te zakken in het verdriet.

Silvia knoopt haar badjas strak dicht en wikkelt het sjaaltje dat ze de vorige dag ook droeg om haar beurse hals. De bel gaat opnieuw en ze loopt gehaast naar beneden. Met een zwaai trekt ze de deur open. Ze voelt dat ze wit wegtrekt. Voor de deur staan twee mannelijke agenten met ernstige gezichten, en ze krijgt een déjà vu van het moment dat de Duitse agenten haar kwamen ophalen na het vreselijke nieuws. Ze houdt zich vast aan de deur en haalt diep adem om kalm te blijven. Het ergste wat haar kon overkomen, is al gebeurd, dus dit kan ze ook hebben. 'Nou, dat is ook toevallig. Ik wilde over een uurtje langskomen op het bureau. Hebben jullie dat soms aangevoeld? Of kunnen die apparaten in huis echt alle gesprekken horen en hebben ze het doorgespeeld?'

De agenten kunnen niet lachen om haar grapje. 'U bent mevrouw Silvia Mulder?'

'Ja, dat ben ik.' Ze steekt haar hand uit in een verzoenend gebaar. Hij wordt niet aangepakt.

'Mijn naam is Versteeg en dit is mijn collega De Vries, wij zijn van de recherche. We zouden graag even met u praten, het liefst op het bureau.'

'Ik ben altijd in voor een babbeltje, hoor, maar waar gaat het precies over?'

'Dat zullen we op het bureau bespreken.'

'Kunt u misschien wat minder geheimzinnig doen? Word ik ergens van verdacht?' vraagt ze, en ze spreekt daarmee het ondenkbare uit. De agenten blijven haar strak aanstaren en ze begint nu toch echt de kriebels te krijgen.

'Kom op, heren, voordat ik meega wil ik eerst weten waar dit over gaat.'

'U hebt op dit moment niet zoveel te willen, mevrouw. Gaat u zo mee of wilt u zich nog even omkleden?'

Silvia denkt aan het dreigbriefje, dat ze in haar nachtkastje heeft gelegd. Heeft degene die het heeft geschreven het dreigement uitgevoerd en haar verdacht gemaakt bij de politie? Zou Sebastiaan of Jeroen echt tot zoiets overgaan? Of is er nog iemand anders die haar klein wil krijgen? Ze moet even slikken en schat in dat het niet verstandig is om het briefje te vermelden bij deze slechtgehumeurde agenten. 'Heb ik een advocaat nodig?' vraagt ze aarzelend.

'Waar zou u een advocaat voor nodig hebben? We willen gewoon even met u praten. En u had ons ook nog iets te melden, hoorde ik u aan het begin van dit gesprekje zeggen...' Het ongeduld van de agent die zich voorstelde als Versteeg klinkt door in zijn stem.

'Ja, ik wil aangifte van poging tot doodslag doen.' Ze haalt het sjaaltje van haar nek en laat haar hals zien. De agenten wisselen een blik die ze niet zo goed kan duiden.

'Dat ziet eruit alsof u bij een flinke vechtpartij betrokken bent geweest.'

'Ik heb niet gevochten, ik ben aangevallen.'

Versteeg en De Vries lijken niet onder de indruk. 'Kleedt u zich even om, dan kunnen we gaan,' deelt de laatste haar met een uitgestreken gezicht mee.

'Vindt u het goed als ik om tien uur zelf naar het bureau kom? Ik heb afgesproken met een vriend die getuige was van de aanslag op mijn leven, en ik wil niet dat hij straks voor een dichte deur staat.'

'We gaan niet wachten, mevrouw. Hang maar een briefje op de deur. En als ik u een advies mag geven: ik zou een goed elektronisch hek om uw terrein laten zetten, misschien een paar cameraatjes ophangen. Iedereen kan hier zo naar binnen lopen. Aardige mensen zoals wij, maar ook mensen die dat soort dingen doen.' Hij wijst naar haar hals.

Silvia moet toegeven dat Versteeg wel een punt heeft. Een punt dat Vincent ook al zo vaak heeft gemaakt in de afgelopen jaren, maar waar ze tot nu toe niet naar wilde luisteren. Alleen al de gedachte aan een hek en camerabewaking geeft haar in plaats van een veilig een claustrofobisch gevoel. Ze wilde niet beperkt worden in haar vrijheid en had altijd het naïeve idee gehad dat de afrastering van amper een meter hoog voldoende was om de grenzen van hun privéterrein af te bakenen. Totdat dat dreigbriefje in haar brievenbus werd gestopt, was ze overtuigd van haar gelijk, maar nu beseft ze dat ze naar Vincent had moeten luisteren. Als ze straks terugkomt van het bureau gaat ze een hek en beveiligingscamera's regelen. 'Goed, dan kleed ik me even om en schrijf ik een briefje voor mijn vriend. Weet u wat, ik bel hem wel even.'

Als ze haar toestel uit de zak van haar badjas haalt, pakt De Vries het af. 'Doe maar een briefje. Wij passen wel even op uw telefoon.'

Silvia is zo verbijsterd dat ze er niet bij stilstaat of de agenten dat zomaar mogen doen. Ze zegt tegen hen dat ze zo terug is en gooit de deur voor hun neus dicht. Het laatste waar ze behoefte aan heeft, zijn twee agenten die in haar huis rondneuzen terwijl zij zich aan het omkleden is. In haar inloopkast pakt ze een schoon V-Suit-joggingpak. Als ze de binnenkant van de stof tegen haar benen voelt, heeft ze het gevoel dat Vincent dichter bij haar is en haar beschermt. Ze trekt een witte polo aan en laat het jasje van het joggingpak nonchalant loshangen. Als schoenen kiest ze haar favoriete versleten sneakers. Ze kamt snel de klitten uit haar haren. Ze ziet eruit alsof ze naar de sportschool gaat, concludeert ze als ze zichzelf in de grote passpiegel bekijkt. Was het maar waar. Beneden pakt ze een pen, papier en plakband en ze zet de voordeur op een kier. Versteeg duwt hem meteen wagenwijd open, maar ze negeert hem. Ze legt het velletje papier op het tafeltje in de gang en buigt zich eroverheen. *Dag Henk, de politie stond vanochtend voor de deur en heeft me een lift gegeven naar het bureau. Zie ik je daar? Liefs, Silvia.*

'Een kattebelletje is voldoende, het hoeft geen hele brief te zijn,' merkt Versteeg op. Net als zijn collega wipt hij ongeduldig heen en weer, maar Silvia laat zich niet opjutten. Als ze het briefje voor Henk heeft opgehangen, haar huis heeft afgesloten en met de agenten meeloopt naar hun auto, ziet ze vanuit haar ooghoeken een flits. Een fotograaf. Heeft hij al die tijd op de loer gelegen of is hij getipt? Ze onderdrukt de neiging om haar middelvinger op te steken, recht haar rug en tovert een glimlach tevoorschijn. Als ze dan toch in de roddelbladen komt, dan maar zo. Versteeg opent het achterportier van de auto en ze neemt plaats. Ze ritst haar tas open en neemt een slok uit het flesje water dat erin zit. De fotograaf is inmiddels zo dicht genaderd dat hij een scherp shot kan maken van haar. Ze blijft recht voor zich uit kijken en negeert hem. Ook als de auto langzaam wegrijdt en hij nog een stuk meeholt, keurt ze hem geen blik waardig. Ze denkt aan het verhaal dat prins Friso zijn middelvinger weleens stiekem omhoogstak achter de raampjes van de Gouden Koets. Het liefst zou zij hetzelfde doen.

De autorit verloopt in stilte, en als het politiebureau in zicht komt nemen Silvia's zenuwen toe. *Je hebt niets te verbergen en ze kunnen je niets maken*, herhaalt ze in haar hoofd. Maar het zit haar niet lekker dat ze haar telefoon nog niet heeft teruggekregen, en op de een of andere manier lijkt het haar niet verstandig om daar op dit moment een punt van te maken. De Vries doet de autodeur voor haar open en ze stapt uit. Met haar tas aan haar arm volgt ze beide agenten het gebouw in en laat zich naar een kamertje zonder ramen leiden. De kunstmatige verlichting is fel en het ruikt er muf. Terwijl De Vries haar een van de ongemakkelijke stoelen wijst, verdwijnt Versteeg om even later terug te komen met een dossiermap onder zijn arm. Silvia staart naar de klok op de muur en ziet dat het inmiddels vijf over tien is. 'Als mijn vriend Henk zich zo meldt bij de balie, wordt hij dan hierheen gebracht? Hij kan mijn verhaal bevestigen. Hij was getuige van de aanslag.' Ze wijst nog maar eens naar haar hals.

Versteeg sluit de deur van de verhoorkamer. 'We gaan het eerst maar eens hebben over een andere aanslag.'

Silvia kijkt hem niet-begrijpend aan. 'Wat bedoelt u in hemelsnaam?'

Versteeg opent zijn map en smijt een foto voor haar neer. 'Kent u deze vrouw?'

Silvia slaat van afschuw haar hand voor haar mond en draait haar hoofd weg.

'Kijken!' De Vries tikt op de foto en gaat dreigend naast haar staan, terwijl Versteeg haar nauwkeurig observeert. Met een vertrokken gezicht richt ze haar ogen weer op de foto, en het kost haar al haar doorzettingsvermogen om deze keer goed te kijken. Hoe langer ze kijkt, hoe bleker ze wordt. 'Die... die vrouw is dood,' mompelt ze vol afschuw.

'Kent u haar?' vraagt Versteeg opnieuw.

Silvia staart hem verbijsterd aan en begint dan te huilen. 'Ik heb deze vrouw nog nooit van mijn leven gezien. Waarom denkt u dat ik haar ken? Wie is ze?'

'Als u haar niet kent, waarom raakt u dan zo geëmotioneerd bij het zien van die foto?' Versteeg kwakt nog een paar foto's voor haar neer. Terwijl op de eerste afbeelding alleen het hoofd en de hals van de vrouw te zien waren, tonen deze volgende haar hele lichaam. Ze is naakt en zit onder de beurse plekken en het vuil. Op sommige plekken lijkt het lichaam

aangevreten. De nek van de vrouw ligt in een vreemde stand die haar doet denken aan de gebroken nek van Vincent. Silvia's maag draait om als ze twee ingezoomde foto's ziet van een hand en een voet van de vrouw. Ze zijn bloederig en de toppen van zowel de vingers als de tenen lijken ernstig verbrand. In een reflex draait ze haar hoofd weer weg.
'Waarom laat u mij deze afschuwelijke foto's zien?' vraagt ze huilend. 'Zonder ook maar enige waarschuwing. Waar slaat dat op?' Naast de schrik voelt ze nu ook woede. 'Dit kunnen jullie niet zomaar doen.'
'Is dat zo? U kunt wel beweren dat u niet weet wie deze vrouw is, maar wij hebben daar onze twijfels bij. Dit is ons doorgestuurd door onze Duitse collega's die de dood van uw man hebben afgehandeld en ze hebben ons gevraagd u deze foto's eens te laten zien.'
Silvia begint er steeds minder van te begrijpen en dat is blijkbaar van haar gezicht af te lezen.
'Ik zal u uitleggen hoe het zit. Er gaan wat theorieën over u rond die we graag willen onderzoeken. Deze vrouw, ze heet overigens Elsa Fischer, is gevonden vlak bij de plek waar het lichaam van uw man lag: in een ravijn langs de 2 Schanzen Tour in de buurt van een scherpe bocht. Autopsie heeft aangetoond dat de vrouw hoogstwaarschijnlijk op dezelfde dag om het leven is gekomen als uw man. Beiden hadden een gebroken nek.'
'Ja, en? Wat heb ik daarmee te maken?' vraagt Silvia, terwijl ze met de mouw van haar jasje haar tranen droogt en zichzelf weer bij elkaar probeert te rapen.
'Dat willen wij dus ook graag weten,' antwoordt Versteeg.
'Wanneer is het lichaam van die vrouw precies gevonden?'
'Die specifieke informatie mogen we in dit stadium niet met u delen, maar het lijkt erop dat er een link is met uw man.'
'Maar hoe kan dat? Het lichaam van die vrouw kan er on-

mogelijk al gelegen hebben toen het lichaam van Vincent uit het ravijn is gehaald. Dus hoe kan er een link zijn?'

'Waarom denkt u dat het lichaam van mevrouw Fischer er toen niet lag?'

'Omdat het er bij mij niet in gaat dat de politie die ter plaatse was en onderzoek heeft gedaan dat over het hoofd heeft gezien.'

'Er is beperkt gekeken, omdat er toen nog uit werd gegaan van een ongeluk.'

'"Toen nog"? U bedoelt dat de Duitse politie niet langer denkt dat Vincent is verongelukt? Hoe is dat zo gekomen?'

'Er heeft zich een getuige gemeld die in de buurt van waar uw man is verongelukt aan het wandelen was. Hij heeft uw man zien praten met een vrouw. Hij kon niet horen wat er werd gezegd, maar er was sprake van stemverheffing en geduw en getrek. Hij heeft er in eerste instantie geen melding van gemaakt, omdat hij zich niet graag bemoeit met dingen die hem niet aangaan. Toen hem later ter ore kwam dat de man die hij zag ruziën was omgekomen en dat er twee dagen geleden ook een vrouwenlichaam is gevonden, is hij alsnog naar de politie gestapt om zijn verhaal te doen. En weet u wat nou het punt is? Deze wandelaar heeft u herkend als de vrouw met wie Vincent Mulder ruzie had.'

Silvia's mond valt open. 'Wát? Die man liegt. Ik was daar niet.'

'Dat is aan ons om te onderzoeken. We willen ook namens onze Duitse collega's graag weten waar u was toen uw man verongelukte.'

'Houdt u mij voor de gek?'

'Ik ben bloedserieus, mevrouw.'

'Ik zeg niets meer totdat ik mijn advocaat heb gebeld.' Silvia slaat haar armen over elkaar en zwijgt. Versteeg en De Vries blijven haar bestoken met vragen, maar ze gaat nergens op in. Uiteindelijk geven de agenten het op. Als ze zwaar geïrriteerd de kamer willen verlaten, vraagt ze hun haar telefoon te brengen. 'Voor het nummer van mijn advocaat.'

De Vries gaat het toestel halen, terwijl Versteeg in de deuropening blijft staan. Ze probeert overeind te blijven onder zijn dreigende blik en staart strak naar de muur totdat haar telefoon voor haar op tafel wordt gelegd. Als de deur achter de agenten met een klap dichtslaat, stort ze in. Het is duidelijk dat de politie haar ervan verdenkt dat ze Vincent en die vrouw, van wie ze de beelden niet uit haar hoofd krijgt, iets heeft aangedaan. Die getuige heeft een heel verhaal verzonnen om haar erin te luizen. Maar waarom? Ze moet de politie duidelijk maken dat zij die middag in het kuuroord was. Een advocaat kan haar vast helpen. Het feit dat ze niet officieel is gearresteerd, geeft haar ook nog een beetje hoop. Los van die valse getuigenverklaring lijken ze niets te hebben dat tégen haar kan pleiten. Maar dat ze op haar tellen moet passen, is wel duidelijk. *Rustig aan, diep ademhalen. Ze kunnen je niks maken.* Maar als ze heel eerlijk is, gelooft ze haar eigen woorden niet. Het zal niet de eerste keer zijn dat de politie met een moordzaak in de fout gaat.

Ze opent de contactenlijst in haar telefoon en toetst de L in van Lingen & Zoons. Het advocatenbureau dat V-Suit vertegenwoordigt, heeft Vincent in het verleden ook privé weleens bijgestaan. In het lijstje van contactpersonen met een L staat boven Lingen & Zoons de naam Lauren Martens. Nadat ze haar nummer van Amélie en Aart heeft gekregen op Vincents begrafenis, heeft ze niet meer aan haar oude buurmeisje gedacht. Van het voornemen om Lauren te bellen is nog niets gekomen. Maar in een opwelling beslist ze dat nu te doen. Lauren is immers ook advocaat. En gezien de dreigingen die Sebastiaan tot nu toe tegen haar heeft geuit en zijn link met V-Suit en het advocatenkantoor, weet ze ineens niet meer of ze wel honderd procent kan vertrouwen op Lingens onafhankelijkheid. Voor hetzelfde geld heeft Lingen Sebastiaan de laatste tijd geholpen om de deal met Diego voor te bereiden en loopt hij een flinke bonus mis nu zij de deal wil afblazen. Ze neemt het zekere voor het onzekere. Als het toestel overgaat, haalt ze diep adem. *Please, neem op.*

'Lauren Martens,' klinkt het aan de andere kant van de lijn.

'Hallo?'

'Lauren, met Silvia, weet je nog, de oude buurvrouw van je ouders… Ik heb een heel groot probleem en jij bent de enige die me kunt helpen. Vincent is dood en ze denken dat ík hem vermoord heb. Ik ben onschuldig, Lauren, je moet me geloven. Alsjeblieft, help me.'

14

'Silvia, hoi,' hoort ze Lauren aan de andere kant van de lijn zeggen. Hoewel ze haar oude buurmeisje zeker tien jaar niet heeft gesproken, klinkt haar stem toch vertrouwd. Zo vertrouwd dat Silvia wel kan huilen van opluchting.
'Kun je iets rustiger herhalen wat je net allemaal zei? Ik zit in de auto en je viel af en toe even weg. Zei je nou dat Vincent dood is? Wat verschrikkelijk.'
'Ja, Vin is omgekomen bij een fietsongeluk in het Zwarte Woud, in de buurt van ons vakantiehuis. Het was een ongeluk, maar nu komt de politie ineens met allemaal verdenkingen op de proppen. Ze hebben op de plek waar Vincent is gevonden een paar dagen geleden ook een dode vrouw aangetroffen. In haar geval wijst alles op een misdrijf en nou denken ze dat er een verband is met de dood van Vincent. Ze hebben me foto's van die vrouw laten zien, het was afschuwelijk. Een getuige zou mij ruzie hebben zien maken met Vincent, vlak bij het ravijn waar hij gevonden is. Ze denken dat ik Vin en die vrouw iets heb aangedaan!'
'Silvia, waar ben je nu?'
'Op het politiebureau.'
'Met een advocaat, hoop ik?'
'Nee, dat was niet nodig, zeiden ze. Ze wilden gewoon even met me babbelen. Ze kwamen me thuis ophalen, maar ik ben niet gearresteerd.'
'*Merde*,' roept Lauren uit. 'Dit is puur machtsvertoon, Silvia. Volledig buiten het boekje. Ze laten je die foto's zien om

je overstuur te maken, in de hoop dat je daardoor in een opwelling allemaal dingen gaat zeggen die ze kunnen gebruiken voor hun dossieropbouw. Je bent niet officieel gearresteerd, maar ze behandelen je wel zo. Je moet een advocaat hebben, Silvia, voordat je in een hoek wordt geduwd waar je niet meer uit komt. Ik weet hoe dit soort types te werk gaan. Ze zullen je woorden in de mond leggen en dat gaat vaak op zo'n slinkse wijze dat je het pas doorhebt als het al te laat is. Een advocaat kan je daartegen beschermen.'

'Daarom bel ik jou ook, Lauren. Ik wil dat jij mijn advocaat wordt. Er is van alles gebeurd sinds de dood van Vin en ik weet niet meer wie ik nog kan vertrouwen.'

'Ik ben nu hulpofficier van justitie. Dat betekent dat ik verdachten vervolg in plaats van ze verdedig. Plat gezegd sta ik dus aan de andere kant.'

'Maar je was eerst toch advocaat?'

'Klopt, maar het idee dat ik moordenaars moest verdedigen, trok ik op een gegeven moment niet meer. Ik wilde liever de maatschappij beschermen dan de misdadigers.'

'Maar Lauren, ik ben geen moordenaar,' zegt Silvia zachtjes, en er klinkt een snik door in haar stem. 'Ik zou Vin nooit iets kunnen aandoen. Ik hield van hem. En die vrouw heb ik nog nooit gezien. Ik heb de vragen nu zo veel mogelijk kunnen afhouden, maar ben bang dat ze me straks wel officieel beschuldigen. Ik was die dag ergens anders, maar wat als ze me alsnog hier willen houden?'

'Ik begrijp je wanhoop, Silvia, echt waar, maar zoals ik al zei: ik ben geen advocaat meer. Ik ben dus ook niet gemachtigd om als zodanig op te treden. Bovendien zit ik ook nog met een praktisch dingetje: ik ben onderweg vanuit Frankrijk en verwacht niet eerder dan ergens vannacht in Nederland te zijn. Hoe graag ik het ook zou willen, ik kan nu dus niet naar je toe komen. Wel kan ik een oud-collega bellen die ik blind vertrouw en die heel goed is. Ik kan haar vragen om nu naar je toe te gaan.'

'Wat is haar naam?'
'Tekla Lingen-Verschaijk.'
'O nee, geen Lingen. Die vertrouw ik niet. Het advocatenkantoor dat mijn bedrijf vertegenwoordigt is van Anton Lingen, en er zijn dingen gebeurd waardoor ik reden heb om aan zijn integriteit te twijfelen.'
'Tekla is de vrouw van Anton, maar ik garandeer je dat ze honderd procent integer is. Bovendien werkt ze voor een ander advocatenkantoor en heeft ze geheimhoudingsplicht. Dat betekent dat ze niets over jouw zaak mag delen met haar man.'
'Dat risico kan ik helaas echt niet nemen. Ik moet iemand naast me hebben die onafhankelijk is. Alsjeblieft, Lauren, die agenten kunnen elk moment weer binnenlopen en dan moet ik ze iets kunnen geven. Mag ik zeggen dat ik morgen eind van de dag met jou naar het bureau kom om het gesprek voort te zetten? Daarna zien we wel verder. Het is een noodsituatie en ik zal je er goed voor betalen.'
'Geld interesseert me niet, Silvia. Ik wil je echt helpen, maar...'
'Shit, daar komen ze weer.'
'Nog steeds aan het bellen?' vraagt Versteeg nors.
'Ik moest mijn advocaat even bijpraten. Ze is vanuit het buitenland onderweg naar Nederland, dus ik vrees dat jullie even geduld moeten hebben. We kunnen dit gesprek morgen eind van de middag met haar erbij voortzetten.'
'U bepaalt niet wanneer we zijn uitgepraat, mevrouw Mulder.'
'Jullie kunnen me hier houden, maar ik blijf zwijgen totdat ik juridische bijstand heb.'
'We krijgen u vast wel eerder aan het praten.'
'Dat zal u nog teleurstellen.'
'Silvia, geef me die agent eens aan de lijn,' hoort ze Lauren zeggen.

'Ah, mijn advocaat wil u even spreken.' Silvia reikt Versteeg haar telefoon aan. Ze kan niet horen wat Lauren allemaal tegen hem zegt, maar de agent begint steeds moeilijker te kijken en zijn ogen schieten zenuwachtig heen en weer van haar naar zijn collega en weer terug. Na een paar minuten krijgt ze haar telefoon weer in handen gedrukt. 'Lauren?'
'Je hebt me in een heel moeilijk parket gebracht. Ik bén geen advocaat meer.'
'Sorry, ik belde jou uit een gevoel van vertrouwen.'
'Ik was nog niet uitgepraat. Ik kan je niet verdedigen als er uiteindelijk een strafzaak van komt, maar ik kan je voor nu wel adviseren als jurist. Morgenmiddag om vier uur wordt het gesprek voortgezet met mij erbij. Nu ben je vrij om te gaan.'
Tranen van opluchting springen in Silvia's ogen en haar stem hapert als ze een bedankje stamelt. 'Ik zal dit nooit vergeten, Lauren, echt nooit. Je hebt geen idee hoeveel dit voor me betekent.'
'App me je adres even, dan kom ik morgen rond een uur of twee alvast naar je toe om alles goed door te spreken.'
Silvia hoort Lauren gapen. 'Val niet in slaap achter het stuur.'
'Maak je geen zorgen, ik heb een heel goede chauffeur bij me.'
'O ja, wie dan?'
'Dat vertel ik je morgen allemaal wel. Mijn leven was de afgelopen weken ook nogal roerig.'
Versteeg begint ongeduldig met zijn voet op de linoleumvloer te tikken en als blikken konden doden dan zou ze dit pand niet levend verlaten.
'Ik moet ophangen, Lauren. Nogmaals heel veel dank en ik zie je morgen.' Ze beëindigt het gesprek en kijkt de agenten uitdagend aan.
'U kunt gaan,' snauwt Versteeg haar toe. 'Morgen om vier uur, en geen minuut later.'
Silvia staat op en loopt richting de deur. De Vries doet hem

met duidelijke tegenzin voor haar open. Met opgeheven hoofd groet ze hen en ze loopt naar buiten. Ze hoopt dat ze zo snel mogelijk in een taxi naar huis kan zitten.

'Hé, wijffie,' hoort ze vrijwel meteen als ze het politiebureau heeft verlaten. 'Gaat het een beetje?'

'Henk! Heb je al die tijd staan wachten?' Zonder te twijfelen vliegt ze hem om zijn hals, zo opgelucht is ze om hem te zien.

'Je trilt helemaal. Ze hebben toch wel goed voor je gezorgd, hè? Want anders zal ik ze even moeten toespreken.' Hij aait een paar keer over haar hoofd en laat haar dan los. 'Laat me je eens bekijken.' Voorzichtig knoopt hij het sjaaltje rond haar nek los en bekijkt haar verwondingen. 'Oei,' mompelt hij. 'Bij daglicht lijkt alles nog veel erger, hè.' Hij legt een losse strik in het sjaaltje en frummelt het weer rond haar hals. 'Moet ik mijn verhaal nog doen daarbinnen? Als kroongetuige?' Hij geeft haar een knipoog.

'Misschien later, maar voor vandaag is het klaar.'

'Ze hebben je wel lang beziggehouden. Hebben ze er soms zo'n tekenaar bij gehaald om de dader te tekenen?'

'Nee, dat was niet nodig omdat ik zijn gezicht niet heb gezien.'

'Maar ze hebben alles wel goed opgeschreven? Weet je zeker dat ik me niet even binnen moet melden?'

'Laat maar, Henk. Ze hebben me al genoeg doorgezaagd.'

'Ja, dat hoor je nou altijd, hè, dat je keer op keer hetzelfde verhaal moet vertellen, tot je er strontziek van wordt. Ik begrijp dat nooit zo. Als je iets te zeggen hebt, doe het dan kort en bondig, dan is het voor iedereen duidelijk. Dat is mijn methode.' Hij grinnikt en klopt zichzelf trots op de borst. Net als in de kroeg draagt hij een shirt met een loshangende houthakkersblouse, alleen in een ander kleurtje. Silvia masseert haar slapen.

'Hoofdpijn, Sil? Daar weet ik een heel goed recept tegen. Kom maar eens met me mee.'

Het ligt op haar lippen om te zeggen dat ze liever naar huis gaat, maar als ze denkt aan de lege stille kamers weet ze eigenlijk ook niet wat ze daar te zoeken heeft. Als Henk vriendschappelijk haar hand pakt, laat ze hem dan ook zijn gang gaan. Ze vraagt hem niet waar hij haar mee naartoe neemt. Na een wandeling van een paar minuten blijft Henk bij een oude knaloranje Opel Kadett staan. Silvia trekt haar wenkbrauwen op. Dit is met afstand de lelijkste auto die ze ooit heeft gezien.

'Dat is nog eens een mooie koets, hè? Start altijd meteen en rijdt als een zonnetje.' Hij houdt de deur galant voor haar open en ze gaat op de versleten bekleding van de passagiersstoel zitten. De muffe geur die ze verwacht bij zo'n oude auto blijft uit. Een aangenaam frisse lucht dringt haar neus binnen en ze moet stiekem lachen als Henk zijn grote lijf kreunend op de stoel naast haar perst.

'Is het niet een beetje tijd voor een grotere koets?' vraagt ze hem lachend.

'O nee, zeker niet. Ze houdt me scherp. Als ik er niet meer in pas, moet ik een beetje gaan uitkijken.' Hij slaat op zijn bolle buik voordat hij hem insnoert met de gordel. 'Bovendien, als je ergens van houdt, dan blijf je daarbij.' Hij streelt liefkozend over het stuur. 'Wij hebben samen heel wat meegemaakt en gaan niet uit elkaar.'

'Je bent een wijs man.'

'Denk je dat echt, Sil?'

'Dat weet ik wel zeker. Wat je zegt klopt. Weet je, voordat mijn man overleed hadden we bedacht om uit elkaar te gaan. Als heel goede vrienden. Maar nu hij dood is en echt helemaal verdwenen is uit mijn leven, begrijp ik niet hoe ik daar ooit mee heb kunnen instemmen. Ik kán gewoon niet zonder hem, Henk, ik mis hem zo verschrikkelijk.' Haar stem breekt en alle spanning van die dag lijkt eruit te komen.

Henk graait achter zijn stoel en pakt een pakje zakdoeken.

'Och, wijffie toch, kom eens hier, kijk me eens aan.' Voorzichtig draait hij haar hoofd in zijn richting en begint de aanhoudende stroom tranen van haar wangen te deppen. 'Huil maar even flink, dat lucht op. We hebben genoeg zakdoekjes en alle tijd.'

Als Silvia eindelijk is uitgehuild, start Henk de auto en rijdt rustig naar een gezellig eetcafétje dat ze nog niet kende. Met brandende ogen neemt ze plaats aan een tafeltje bij het raam, terwijl Henk naar de bar loopt en een bestelling doorgeeft. In no time komt de ober aanlopen met twee grote glazen versgeperst sap, gevolgd door twee uitsmijters.

'Ik wist niet of je meer van wit of van bruin brood hield, dus ik heb het allebei maar genomen. Ja, eten bestellen kun je wel aan mij overlaten.' Met een tevreden gezicht snijdt hij een grote punt van zijn uitsmijter af. 'Ga lekker eten, wijffie, voordat het koud wordt,' spoort Henk haar aan. 'Wedden dat het je goed zal doen?'

Dankbaar lacht ze om zijn eetlust. Ze voelt zich een stuk beter in zijn gezelschap en ze denkt zomaar dat hij gelijk heeft.

15

Lauren knijpt Silvia even bemoedigend in haar hand voordat ze samen het politiebureau binnenlopen. 'Ik ben bij je, hè, je staat er niet alleen voor.' Het is kwart voor vier 's middags als ze zich ruim op tijd melden bij de balie. Silvia kijkt verlangend naar het felle zonlicht dat door de vuile ramen probeert te dringen. De gedachte aan dat claustrofobische verhoorkamertje zonder daglicht waar ze zo weer in zal zitten, vliegt haar aan. Even overweegt ze om alsnog de benen te nemen. Ze is hier tenslotte vrijwillig en zolang ze niet in staat van beschuldiging is gesteld, kan ze gaan en staan waar ze wil. Maar ze weet ook dat dat niet verstandig is. Ook Lauren heeft haar geadviseerd dat het beter is om haar goede wil te tonen. Ze heeft immers niets te verbergen. De politie ziet spoken en Lauren is ervan overtuigd dat ze dat na vanmiddag zelf ook gaan inzien.

Het was fijn om haar vroegere buurmeisje na al die jaren weer te zien. De soms wat onzekere puber van destijds is uitgegroeid tot een sterke, jonge vrouw die heel goed weet wat ze wil. Ze hadden het eerst gehad over Laurens belevenissen in Frankrijk, en Silvia had met grote ogen zitten luisteren. Dankzij het doorzettingsvermogen van advocaat Gabriel Baptiste, journaliste Nadine Dubois, politieagent Girard Roux en Lauren zelf was na al die jaren eindelijk de echte moordenaar van Celeste opgepakt en kon Julien Fournier na ruim twaalf jaar gevangenis als vrij man verlaten. Girard Roux was met Lauren meegekomen naar Nederland, en elke keer als ze over de politieagent sprak, verscheen er een lachje rond haar mond. Het was duidelijk dat er iets gaande was tussen die twee, maar toen Silvia er dieper op in wilde gaan, had Lauren haar afgekapt. Dat onderwerp kwam later wel; ze moesten eerst het gesprek met de politie voorbereiden.

De zenuwen gieren door Silvia's lijf als Versteeg en De Vries de ruimte binnenkomen om haar en Lauren op te halen. Lauren krijgt een hand en Silvia moet het doen met een hoofdknik. Beide agenten gaan hun voor naar het kamertje. Ze hoopt dat ze hier voor de laatste keer is, ook omdat ze zich weer op V-Suit wil focussen. Ze heeft Anneke wel gevraagd om Sebastiaan in de gaten te houden, maar toch is ze bang dat hij haar afwezigheid gebruikt om haar op listige wijze buitenspel te zetten. Lauren was ervan overtuigd dat ze zich na het ontkrachten van de verdenkingen zo snel mogelijk moeten focussen op de bedreigingen die Silvia de afgelopen week heeft ontvangen en die gelieerd zijn aan V-Suit. De dreigende woorden van Sebas wil Lauren ook zeker niet onbenoemd laten.

Silvia gaat op dezelfde stoel zitten als de vorige dag en Lauren neemt naast haar plaats. Nu Lauren erbij is, wordt er wel een drankje aangeboden en ze vragen beiden om een glas water.

'Goed, mevrouw Mulder, welkom terug,' begint Versteeg. Voor hem op tafel ligt de map waar hij de vorige dag die afschuwelijke foto's uit had gehaald. 'We hebben er allemaal een nachtje over kunnen slapen en dat heeft wat ons betreft in elk geval tot nieuwe inzichten geleid.'

Ze gaan me vertellen dat dit allemaal een groot misverstand is en sturen me met excuses naar huis. Silvia ontspant. Maar dat is van korte duur.

'Terwijl we gisteren nog wat open eindjes hadden, denken we het verhaal nu aardig rond te hebben.'

'U bedoelt dat u nog meer speculaties hebt verzonnen?'

antwoordt Lauren. 'We zullen ze met plezier ontkrachten, agent Versteeg. De dood van Vincent was een noodlottig ongeluk, en in het geval dat er toch verdachte omstandigheden zijn, dan staan deze los van mevrouw Mulder. Ze was niet eens in de buurt van de plek waar haar man is omgekomen.'
'Er heeft zich een getuige gemeld die iets anders beweert.'
'En een getuige spreekt altijd de waarheid?'
'Als we daar niet van uit kunnen gaan tot het tegendeel is bewezen, dan kunnen we net zo goed stoppen met ons werk.'
'Ik zal u het tegendeel bewijzen. Mevrouw Mulder is nadat haar man is vertrokken op zijn mountainbike naar Badeparadies Schwarzwald gegaan. Ze was pas eind van de middag weer thuis, waar ze haar man ook verwachtte.'
'Hebt u getuigen die dat kunnen bevestigen, mevrouw Mulder? Of iets van een toegangskaartje voor dat kuurbad, een afschrijving voor de entree op uw bankafschriften?' Versteeg maakt aantekeningen en kijkt niet op als hij de vragen stelt.
'Ja, dat...'
Silvia legt een hand op Laurens arm en neemt het van haar over. 'Ik kan u geen entreebewijs of betaling laten zien. Mijn man en ik kunnen heel goed met de eigenaren van het bad opschieten. We nemen regelmatig wat jogging- en maatpakken mee uit de kledinglijn van het bedrijf van mijn man, en we hebben in ruil daarvoor het hele jaar door vrije toegang tot het bad. We hebben zo'n pasje dat de toegangspoort ontgrendelt, maar er was op de bewuste dag een storing in het systeem, waardoor het pasje niet geregistreerd kon worden.'
Silvia ziet Lauren ongemakkelijk kijken.
'Goh, wat toevallig, dat er net op die dag storing was,' zegt Versteeg. Aan zijn gezicht is te zien dat hij er niets van gelooft.
'Die jogging- en maatpakken worden gemaakt door V-Suit, toch? Het bedrijf van uw man? Inmiddels uw bedrijf,' haakt De Vries aan.

'Ja, dat klopt, ik heb naar Vincents wens zijn plek in de directie van V-Suit ingenomen en ben voor de helft eigenaar van het bedrijf.'

Versteeg krabbelt driftig mee op zijn schrijfblok.

'Getuigen. Je hebt vast wel iemand die kan getuigen dat je daar die middag bent geweest,' zegt Lauren om Silvia's loslippigheid af te kappen, terwijl ze met een verbaasd gezicht naar Versteegs schrijfblok kijkt.

'Computerstoring,' mompelt hij, 'dus we doen het even op de ouderwetse manier. Hebt u namen voor me die uw verhaal kunnen bevestigen?'

'Getuigen...' antwoordt Silvia aarzelend. 'Ik vrees eerlijk gezegd dat dat lastig wordt. De eigenaren waren op dat moment niet aanwezig. Er werd waargenomen door een invalkracht die ik verder niet gesproken heb en de vaste caissière was er ook niet. Volgens mij heb ik verder geen bekenden gezien. Daar zou ik eens goed over na moeten denken.'

'Zonder getuigen kunnen we uw beweringen niet verifiëren. Aan alleen uw woorden hebben we helaas niet genoeg.' Versteeg kijkt voor het eerst op van zijn aantekeningen. Hij ziet eruit als een beest dat op het punt staat om zijn prooi te bespringen. Silvia probeert zijn vijandige houding te negeren en wordt geholpen door Lauren, die het weer van haar overneemt.

'Kunt u mij uitleggen waarom de woorden van uw "getuige" wel voldoende zijn zonder dat u verdere bewijzen hebt en waarom die van mevrouw Mulder niet op dezelfde manier worden benaderd? Dat riekt naar rechtsongelijkheid.'

Versteeg lijkt even geen antwoord te hebben, maar herpakt zich dan. 'Ik zal even wat punten voor u op een rijtje zetten, mevrouw Martens.' Hij opent zijn dossiermap en gooit een krant voor Silvia en Lauren neer. 'Pagina 5.'

Silvia ziet in een oogopslag dat het *De Telegraaf* is en de moed zinkt haar in de schoenen. *Wat halen ze er in vredesnaam nu weer bij?*

Lauren pakt de krant en bladert vlug naar de genoemde pagina. Silvia kijkt vanuit haar ooghoeken mee en voelt dan de grond onder haar voeten wegzakken. De levensgrote foto knalt van de pagina en de kop boven het artikel liegt er niet om. '"Silvia Mulder en minnaar hebben vrij spel na dood Vincent,"' leest Lauren hardop voor. Silvia hoort geen enkele hapering in Laurens stem en haar gezicht is uitgestreken. '"Vincent Mulder is nog maar amper begraven of zijn vrouw zet de bloemetjes al buiten met haar minnaar Remco Post. Er waren al langer geruchten dat het huwelijk tussen Silvia en de succesvolle zakenman en oprichter van V-Suit, Vincent Mulder, op springen stond. Nu, vlak na zijn dood, wordt duidelijk waarom. Silvia hield er naast Vincent nog een andere man op na. Remco Post heeft tegen ons bevestigd dat er inderdaad iets speelde. 'We zijn gestopt met elkaar zien omdat Vincent er niet bepaald blij mee was toen hij erachter kwam. Dat wil echter niet zeggen dat daarmee ook de liefde tussen mij en Sil over was. We kenden elkaar al lang voordat Vincent in Silvia's leven kwam. Oude liefde roest niet, zou je kunnen zeggen.' Nu Vincent dood is, lijkt het tweetal hun kans te grijpen en hun affaire weer op te pakken. Post verscheen afgelopen week zonder enige gêne op de begrafenis van zijn rivaal en bleef opzichtig lang bij Silvia hangen om haar te condoleren met het verlies van haar man. Omdat Silvia formeel nog met Vincent getrouwd was toen hij verongelukte, is zij de erfgename van zijn fortuin. Geluk bij een ongeluk, zou je denken, aangezien zij na een scheiding zo goed als berooid zou zijn achtergebleven. Het lijkt erop dat Vincent precies op het juiste moment is doodgegaan om Silvia alsnog een leven in luxe te bezorgen. Was dat werkelijk Vincents laatste wens of kunnen we voorzichtig concluderen dat zijn dood Silvia wel heel goed uitkwam? Zou het kunnen dat zij samen met haar minnaar Remco Post een complot heeft beraamd om Vincent Mulder uit de weg te ruimen voordat de scheiding erdoor was? Heeft Silvia op deze manier wraak genomen voor de losse handjes van haar man waar al jaren over wordt gespeculeerd? Werden de mishandelingen haar te veel en heeft ze nu zelf teruggeslagen? Uit betrouwbare bron hebben we vernomen dat de politie zich ook met deze vragen bezighoudt. We houden u op de hoogte van de ontwikkelingen in deze zaak."'

Lauren legt met een kalm gebaar de krant op tafel. Silvia is wit weggetrokken en staart naar de foto van haar en Remco op Vincents begrafenis. *Welke rotzak heeft die foto gemaakt en naar de krant gestuurd? Heeft Remco dit in scène gezet? Waarom in godsnaam? Vanwege de aandacht? In de hoop haar terug te winnen?* Ze schrikt als Lauren haar onder tafel een por geeft en gaat vlug rechtop zitten. Om Laurens mond hangt een geamuseerd lachje en ze kijkt rechercheur Versteeg zelfverzekerd aan. Silvia vindt haar houding bewonderenswaardig, want het voorval met Remco komt zeer ongelukkig uit. Als ze had geweten dat de affaire een rol kon gaan spelen, had ze Lauren er zeker over verteld. Maar ze had er simpelweg niet bij stilgestaan.

'Meneer Versteeg, u gaat me toch niet vertellen dat u een artikel in de roddelrubriek van *De Telegraaf* voor waar aanneemt en als bewijs wilt opvoeren om uw gelijk te halen?' Laurens stem heeft een smalende ondertoon. 'Zal ik u eens een geheimpje vertellen?' gaat ze verder. 'Er is geen rechter die dit gelooft of als bewijs zal toelaten.'

'Wees eens eerlijk, mevrouw Martens, zo onwaarschijnlijk klinkt het allemaal niet wat er in dat artikel wordt beweerd. Wij vinden de opgeworpen theorieën op zijn minst interessant genoeg om ze eens wat nader te onderzoeken. Vanmiddag verhoren we Remco Post over zijn relatie met mevrouw en meneer Mulder. Dit alles trouwens in overleg met onze Duitse collega's. Ik neem aan dat u gehoord hebt over die dode vrouw die in hetzelfde ravijn is gevonden als de heer Mulder?'

'Mevrouw Mulder heeft me verteld dat u haar gisteren gruwelijke foto's onder haar neus heeft geduwd. Dat was, zoals u zelf ook moet weten, nogal buiten het boekje. Zeker aangezien u haar in haar eentje naar het bureau hebt gelokt om zogenaamd "gewoon even te praten". U wist allang dat u haar ging confronteren met die foto's en specifieke verdenkingen, en ondanks het feit dat ze geen officiële verdachte is, had u haar moeten wijzen op het recht om bijstand te krijgen. U hebt mevrouw Mulder zelfs expliciet op het hart gedrukt dat ze geen advocaat nodig had toen ze daarnaar vroeg. U hebt haar zwaar geïntimideerd en haar veel te lang in haar eentje laten zwoegen. Pas toen ze weigerde nog langer met u te praten, hebt u haar laten gaan en ingestemd met rechtshulp bij een volgend gesprek. Wij zijn beiden niet gecharmeerd van uw werkwijze en we overwegen een klacht in te dienen als u deze onjuistheden niet onmiddellijk terugneemt.'

Silvia is diep onder de indruk. En zelfs Versteeg en De Vries hebben ademloos naar haar zitten luisteren en niet één poging gedaan om haar te onderbreken. Helaas neemt dat de ernst van de zaak niet weg. De theorieën die *De Telegraaf* heeft geopperd en die door de politie zijn omarmd zijn complete leugens, maar hoe kan ze dat bewijzen? De gedachte alleen al dat er mensen zijn die denken dat ze Vincent bewust iets zou hebben aangedaan, maakt haar misselijk. En hoe komen ze in hemelsnaam bij die onzin over mishandelingen? Met Remco is ze ook nog niet klaar en ze vreest voor het gesprek dat hij op het politiebureau gaat voeren. Het is duidelijk dat hij voor geen cent te vertrouwen is en zomaar leugens kan verzinnen om zijn eigen hachje te redden.

'U hebt mevrouw Mulder gisteren verteld over die dode vrouw en een link gelegd tussen haar en de heer Mulder. Zou u dat voor mij ook nog eens uit de doeken willen doen? En feitelijk alstublieft, zonder smerige trucjes om me te beïnvloeden. Ik ben niet gevoelig voor emotionele chantage en in

tegenstelling tot mevrouw Mulder heb ik al heel wat slachtofferfoto's gezien.' Als Versteeg het stapeltje foto's van het lichaam van Elsa Fischer voor Lauren uitspreidt, wendt Silvia meteen haar hoofd af. Ze hoeft die ellendige beelden niet nog eens te zien. Silvia hoort het papier ritselen als Lauren de foto's een voor een bestudeert. 'Ik begrijp niet wat deze vrouw met mevrouw Mulder te maken heeft.'
'Wij hebben een theorie...'
'Een theorie,' verzucht Lauren. 'En wat houdt die in?'
'Mevrouw Mulder had een relatie met Remco Post tijdens haar huwelijk met meneer Mulder, maar wij hebben, net als onze Duitse collega's, het sterke vermoeden dat meneer Mulder de huwelijkse trouw ook niet zo serieus nam. Wij denken dat Elsa Fischer zijn minnares was en dat mevrouw Mulder daar tijdens hun verblijf in het Zwarte Woud achter kwam. Wij denken dat hij op de dag van zijn dood zijn heimelijke afspraakje met mevrouw Fischer wilde verbloemen met "een fietstochtje", zodat mevrouw Mulder niet achterdochtig zou worden. Naar ons idee had mevrouw Mulder al langer haar vermoedens over meneer Mulders ontrouw en is ze hem stiekem gevolgd...'
'Dit is echt de grootste onzin die ik ooit heb gehoord!' Silvia kan zich niet langer inhouden. 'Hoe durven jullie met zulke leugens over mijn huwelijk te komen.' Ze slaat woedend met haar vuist op tafel.
Lauren houdt even geruststellend haar hand vast. 'Sil, ik begrijp je woede, maar probeer je te beheersen. Ze moeten hun verhaal kunnen doen. Ik moet volledig op de hoogte zijn en alle details kennen om je goed te kunnen helpen. Begrijp je dat?'
Silvia kookt nog steeds van woede, maar neemt een gelaten houding aan.
'U denkt dus dat mevrouw Mulder haar man met zijn minnares heeft betrapt?' vraagt Lauren aan De Vries.

'Dat denken we inderdaad. We geloven ook dat Elsa Fischer een rechtstreekse bedreiging vormde voor mevrouw Mulder.'
'En waarom gelooft u dat?'
'Als meneer Mulder de scheiding versneld wilde doorzetten, dan zou mevrouw Mulder alles kwijtraken en berooid achterblijven, terwijl het mevrouw Fischer aan niets zou ontbreken. Die gedachte moet lastig te verkroppen zijn geweest voor mevrouw Mulder. Maar als de heer Mulder zou komen te overlijden vóórdat de scheiding rond was en vóórdat hij de kans had gehad om zijn testament aan te passen ten gunste van mevrouw Fischer, dan zou mevrouw Mulder er toch nog met de buit vandoor gaan.'
'Begrijp ik het goed dat u denkt dat mevrouw Mulder haar man en zijn minnares om het leven heeft gebracht?'
De Vries en Versteeg zwijgen beiden, maar hun gezichten spreken boekdelen.
'En hoe had u dat voor u gezien? Schetst u voor mij eens het plaatje.'
'Zowel de heer Mulder als mevrouw Fischer had een gebroken nek.'
'Ja, en?'
'Wij zien daar een modus operandi in.'
'Wat een mooie benaming voor zulk slecht recherchewerk. Want zeg nou eerlijk, uw onderzoek komt niet veel verder dan het niveau van een roddelrubriek.' Lauren geeft een klap op de krant. 'Toen het lichaam van Vincent Mulder uit het ravijn is gehaald, is dat van mevrouw Fischer niet aangetroffen. Mevrouw Fischer is pas een aantal dagen later gevonden, toen alle onderzoeks- en bergingswerkzaamheden rond meneer Mulder waren afgerond. Hoe rijmt u dat met uw "theorie" dat mevrouw Mulder hen beiden het ravijn in zou hebben geduwd nadat ze hen samen zou hebben betrapt? Misschien mis ik iets hoor, maar ik krijg uw scenario met de beste wil van de wereld niet rond. En gelooft u mij, ik heb een hoop fantasie.'

'Zowel Mulder als Fischer is met een gebroken nek gevonden, en we denken niet dat dat door een ongelukkige val in het ravijn komt,' houdt De Vries stug vol, terwijl hij haar oorspronkelijke vraag compleet negeert.

'U valt in herhaling. Bovendien worden er wel vaker mensen met een gebroken nek gevonden; wilt u soms beweren dat mevrouw Mulder daar ook verantwoordelijk voor is? Bovendien moet u mij eens uitleggen hoe ze in haar eentje in staat is geweest om zowel haar echtgenoot als mevrouw Fischer te overmeesteren, hun nek te breken en hun lichamen in het ravijn te gooien. En dan heb ik het nog niet eens over de toppen van mevrouw Fischers vingers en tenen, die overduidelijk met opzet verbrand zijn om de identificatie te vertragen. Daar heb ik u beiden nog niet over gehoord. Denkt u nou werkelijk dat mevrouw Mulder met een aansteker een voor een alle toppen heeft verbrand?'

'Nee, wij denken niet aan een aansteker, maar eerder aan het soort gasbrander dat in de keuken wordt gebruikt, bijvoorbeeld voor crème brûlée.'

Lauren schudt vol ongeloof haar hoofd. 'Silvia, ga eens staan.'

Silvia komt meteen in actie. 'Kijkt u nou eens naar deze vrouw. Ze heeft niet bepaald het postuur van een worstelaar of bokser, dat zult u toch met me eens moeten zijn. Bovendien... Sil, hoe lang was Vincent?'

'Eén meter achtennegentig.'

'En jij bent?'

'Eén meter achtenzestig.'

'Er was een lengteverschil van dertig centimeter tussen de heer en mevrouw Mulder. Het is alleen praktisch al onmogelijk dat ze haar mans nek heeft gebroken. Of denkt u dat ze naast haar crème brûlée-brander ook haar keukentrapje onder de arm heeft meegenomen naar de plaats delict?'

Hoewel de situatie allesbehalve grappig is, kan Silvia een

proest niet onderdrukken. Het tafereel dat Lauren schetst is zo absurd en het maakt beide agenten volkomen belachelijk. Versteeg werpt haar een vernietigende blik toe en ze trekt haar gezicht weer vlug in de plooi.

'We denken niet dat mevrouw Mulder in haar eentje heeft gehandeld. We denken dat ze hulp heeft gehad van haar minnaar, die ook graag een graantje meepikte van het fortuin van meneer Mulder.' De Vries tikt met zijn vinger op de afbeelding van Remco in de krant. 'Ziet u, meneer Post heeft wél de lengte om de heer Mulders nek te kunnen breken.'

'Misschien moet u eens overwegen om een carrièreswitch te maken. Ik denk dat de Fabeltjeskrant u met open armen zal ontvangen.' Ze tikt op dezelfde manier met haar vinger op *De Telegraaf* en kijkt dan op haar horloge. 'Heren, ik denk dat ik ook namens mevrouw Mulder spreek als ik zeg dat ik het mooi geweest vind voor vandaag. U moet echt met iets beters komen. Tot nu toe heb ik nog geen enkel steekhoudend en feitelijk argument gehoord dat mevrouw Mulder tot een verdachte maakt. Alles wat u beweert is giswerk. Wij gaan ervandoor.'

Silvia, die op Laurens verzoek nog steeds naast haar stoel staat, weet niet hoe snel ze naar de deur moet lopen en hem open moet gooien. Lauren staat ook op. Er klinkt geen protest uit de monden van De Vries en Versteeg. In tegenstelling tot Silvia neemt Lauren wel de moeite om de rechercheurs de hand te schudden. Als ze op het punt staan om richting de uitgang te lopen, schraapt Versteeg zijn keel. 'O, had ik al gezegd dat we het lichaam van Vincent Mulder gaan opgraven voor onderzoek? We werken samen met de Duitse politie. Als er ook maar iets te vinden is dat riekt naar moord of doodslag, dan zullen we het vinden. Houdt u er rekening mee, mevrouw Mulder, dat we snel weer bij u terug zullen zijn. Blijf een beetje in de buurt.'

Silvia staat te wankelen op haar benen en pakt Lauren vast.

'Dat kunnen ze toch niet zomaar doen, Lauren? Dat is grafschennis. Ze moeten Vin met rust laten.'
'Heeft een officier van justitie al toestemming gegeven voor de opgraving?' vraagt Lauren.
'We verwachten dat morgen rond te krijgen.'
'Mooi, dat geeft ons de tijd om bezwaar in te dienen,' werpt Silvia direct op.
'Dat mag u proberen, maar dat is bij voorbaat al kansloos. U hebt als nabestaande niks te zeggen over een gerechtelijke sectie. Dat kan mevrouw Martens u vast allemaal haarfijn uitleggen.' Versteeg steekt zijn duimen in de lussen van zijn broek en lacht triomfantelijk. 'Wij gaan ons klaarmaken voor ons gesprek met meneer Post,' zegt hij glimlachend. 'Fijne avond.'

16

'Lauren, zeg dat ze van hem af moeten blijven!' Silvia is volledig in paniek na de aankondiging dat ze Vincents lichaam gaan opgraven voor nader forensisch onderzoek.
'Rustig blijven,' zegt Lauren tegen haar. 'Niet praten totdat we in de auto zitten. Gewoon met een strak gezicht doorlopen.'
Silvia probeert te doen wat haar wordt opgedragen, maar zodra ze uit het zicht van het politiebureau zijn, klapt ze dubbel en geeft over. Lauren schiet haar geschrokken te hulp.
'Probeer even rechtop te gaan staan, Sil, zodat je wat makkelijker kunt ademhalen.' Ze helpt Silvia overeind. Dan geeft ze haar wat water en zakdoekjes uit haar tas. Langzaam komt Silvia's ademhaling tot rust en durft ze het aan om haar mond te spoelen en een paar slokjes water door te slikken.
'Gaat het weer een beetje?'
Silvia haalt haar schouders op.
'Kom, laten we er in elk geval voor zorgen dat we bij de auto komen, zodat je kunt gaan zitten.' Lauren biedt Silvia haar arm aan en ze klemt zich vast. Op afstand ontgrendelt ze de autodeuren al, zodat Silvia meteen kan instappen. Als ze allebei op hun plek zitten, kijkt Lauren Silvia aan. De kleur op haar gezicht begint weer een beetje terug te komen. 'Mijn god, Sil! Wat is dat nou ineens met die Remco? Is dat waar?'
'Ja, maar...'
'Je zei dat je me alles had verteld. Hoe kan het dan dat ik compleet verrast werd door dat stuk in *De Telegraaf*?'

'Het spijt me. Vreselijk suf van me. Dat met Remco was al helemaal uit mijn systeem... Ik dacht niet dat het relevant was.'

'Álles is relevant als de politie je de dood van je man en zijn mogelijke minnares in de schoenen probeert te schuiven. Je had me dit moeten vertellen.'

'Ik was er gewoon echt niet meer mee bezig. Vin wist er bovendien van en het heeft maar kort geduurd. Ik ken Remco van vroeger en kwam hem een tijd terug weer tegen. Hij was op de middelbare school mijn vriendje en we waren destijds een beetje op een rare manier uit elkaar gegaan. Toen ik hem vorig jaar weer tegenkwam, dacht ik even dat de vonk weer oversloeg, dus we hebben een paar keer afgesproken en ja, ik ben ook bij hem blijven slapen.'

'Maar de vonk sloeg toch niet écht over?'

'Nee, dat kun je wel stellen. Ik kwam er al snel achter dat het hem niet om mij te doen was, maar om mijn geld. Vincents geld. Hij had geruchten opgevangen dat Vin en ik van plan waren om te gaan scheiden en hij ging ervan uit dat ik op een grote zak geld kon rekenen. Door met mij aan te pappen, dacht hij ook iets te kunnen vangen. Toen ik dat doorkreeg, heb ik hem meteen aan de kant gezet. Vincent was woedend dat Remco had geprobeerd om op die manier misbruik van me te maken.'

'Ik zou eerder denken dat hij woedend was over je affaire.'

Silvia legt haar zo eerlijk mogelijk uit hoe haar huwelijk met Vincent eruitzag en dat ze van plan waren geweest te gaan scheiden omdat ze elkaar de kans op een nieuwe liefde gunden. 'Maar toen was het zakelijk gezien een onrustige tijd voor hem, en vroeg hij me of ik nog even wilde wachten met de scheiding. Hij was bezig met een grote deal. En in die periode kwam Remco weer op mijn pad.'

'Oké, ik denk dat ik het allemaal een beetje begin te begrijpen.'

'Op die manier samenzijn is misschien ongebruikelijk, maar voor ons werkte het. Ik heb het met Vin uitgebreid gehad over Remco voordat ik op zijn uitnodiging voor een etentje inging. Er was dus niets geheims aan. We hebben het alleen verder met niemand gedeeld om geen roddels te voeden. Er ging al genoeg rond over Vin en mij. We zaten niet te wachten op nog meer bullshit.'
'Maar blijkbaar was het toch minder privé dan jullie dachten. Iemand heeft het naar de krant gelekt.'
'Dat kan alleen Remco zelf zijn geweest. Zoals ik al zei: buiten mij, Vin en Remco wist niemand ervan. Ik ben uiterst discreet geweest. En ik was woedend toen ik Remco op Vincents begrafenis zag.'
'Maar Remco kan niet zelf die foto hebben gemaakt die in de krant staat. En je weet niet tegen wie hij zijn mond voorbij heeft gepraat.'
'Nee, maar hij kan er wel opdracht toe gegeven hebben. Hij wil me gewoon terugpakken, omdat ik niet meega in zijn plannetje.'
'En was Vincent aan het daten? Had hij ten tijde van het ongeluk een minnares, zoals de politie beweerde?'
'Absoluut niet. Als dat zo was geweest, dan had hij het me verteld. Vincent werd helemaal opgeslokt door zijn werk en zijn vrije momenten bracht hij met mij door. Hij was de laatste tijd niet happy over hoe het allemaal liep bij V-Suit. En zeker niet over de manier waarop zijn zakenpartner Sebastiaan die dubieuze deal wilde doordrukken, zoals ik je vanmiddag vertelde. En hoe Sebas zich na Vins dood gedroeg weet je ook. Allemaal vanwege die deal.'
'Die deal waar jullie de echtscheiding voor hadden uitgesteld.'
'Precies.'
'En jij was Vincents enige erfgenaam, toch?'
'Ja, dat klopt.'

'Was dat anders geweest als jullie waren gescheiden?'
'Nee. Dat denkt iedereen wel, maar dat is dus niet zo. Vincent wilde dat ik zijn plek in de directie van V-Suit zou overnemen als hem iets zou overkomen. Zelfs als hij iemand anders zou ontmoeten. Hij vond dat ik hem al die jaren had bijgestaan en had bijgedragen aan het succes van het bedrijf. Ik, niemand anders. Dus ook niet zijn familie. Daar heeft hij al die jaren geen steun van ervaren. En na mijn verhaal over Jeroen kun je je daar misschien wat bij voorstellen. Zijn testament wilde hij per se op deze manier, ook na onze scheiding.'
'Oké, helder.'
'Je kunt het testament inzien bij mijn notaris, als je wilt.'
'Voorlopig nog niet nodig. Die stukken worden pas belangrijk als de politie alle beschuldigingen doorzet. Kende Vincent Elsa Fischer soms wel?'
'Nee, honderd procent zeker van niet. Dat hele minnaressenverhaal is een leugen. Ze zijn te bedonderd om goed onderzoek te doen en proberen hun zaak snel rond te krijgen door mij erin te luizen. Nou, ik dacht het niet. Of geloof jij dat het waar is?' Silvia kijkt Lauren wanhopig aan. 'Want het ís niet waar. Dat moet je van me aannemen.'
'Het verhaal dat jij me hebt verteld is voor mij aannemelijker. En ik denk niet dat jij tegen me liegt. Hoewel je dat van Remco wel aan me had moeten vertellen. Zoiets mag niet nog een keer gebeuren.'
'Dat weet ik, en dat spijt me echt. Ik heb dat niet bewust voor je achtergehouden. Die man wilde ik zo snel mogelijk uit mijn geheugen wissen, en wat er tussen hem en mij speelde leek me niet van belang. Als hij niet op Vincents begrafenis opeens voor mijn neus had gestaan, had ik hem waarschijnlijk nooit meer gezien. Zo simpel is het.'
'Helaas vindt de politie het niet zo simpel. Ik hou mijn hart vast voor hun gesprek straks. Als hij dingen gaat roepen die nadelig voor jou uitpakken, dan hebben we een probleem.

Als je de schijn eenmaal tegen je hebt, is het vaak lastig om daarvan af te komen.'

'Maar ik ben onschuldig!'

'Dat weet jij en dat weet ik, maar nu moeten we ervoor gaan zorgen dat de rest van de wereld het ook weet. Als ik me jouw reconstructie van de afgelopen dagen goed herinner, had zowel zijn broer als zijn zakenpartner in financieel opzicht verwachtingen na Vincents dood. Klopt dat?'

'Ja. Zijn broer Jeroen had op een flinke zak geld gerekend en zijn zakenpartner Sebastiaan had verwacht dat hij volmacht zou krijgen om V-Suit te leiden. Sebastiaan had er niet op gerekend dat ik evenveel over V-Suit te zeggen zou hebben als hij. En je weet dat hij daar op zijn zachtst gezegd niet zo mild op heeft gereageerd, zeker niet nadat hem duidelijk werd dat ik mijn poot stijf zal houden. Ik zal er nooit mee instemmen dat V-Suit met ongure types in zee gaat.'

'En denk je dat Sebastiaan uiteindelijk jouw kant kiest?'

'Dat kan ik niet goed inschatten. Hij heeft zelfs gedreigd dat hij zijn aandelen aan Diego zal verkopen. Ik moet er niet aan denken wat er dan gebeurt en tegen wie ik dan moet opboksen. Die Diego is echt knettergek en lijkt tot alles bereid om zo veel mogelijk geld binnen te halen.'

'Het is wel goed om alvast uit te zoeken hoe het zit als V-Suit voor de helft in Spaanse handen zou komen. Onder welk rechtssysteem val je dan? Het Nederlandse of het Spaanse? Ik zit zelf niet goed in die materie, maar ik ken wel iemand die dat allemaal keurig voor je op een rijtje kan zetten. Ik hou er altijd van om vooruit te denken en verschillende mogelijke scenario's tegen het licht te houden. Zo ben je altijd twee stappen voor op de rest en weet je precies waar je staat. Op die manier weet je het ook direct als mensen je onzin proberen te verkopen.'

'Dat is een werkwijze waar ik me helemaal in kan vinden. Weet je, Lauren, het kan toch niet anders dan dat de politie tot inzicht komt? Ze zullen vanzelf gaan inzien dat Vincents dood een ongeluk was, een vreselijk ongeluk, en dat de dood van die Elsa Fischer daar compleet los van staat. Ik heb niks gewonnen bij Vins dood, alleen maar verloren.' Ze zet haar kiezen op elkaar om haar tranen tegen te houden, want ze wil zich nu niet verliezen in haar verdriet. 'Ik begrijp gewoon niet waarom ze hem per se willen opgraven. Zijn lichaam is al bekeken en er waren geen sporen te vinden die op iets anders duiden dan op een ongeluk. Waarom denken ze dan nu wel iets te zullen vinden?'

'Ze zullen deze keer met een heel andere blik naar Vincents lichaam kijken. De eerste keer hebben ze het lichaam bekeken volgens de maatstaven van een routineonderzoek. Het zou niet mogen, maar dat gaat er vaak minder nauwkeurig aan toe dan bij het vermoeden van een misdrijf. Ze gaan zich nu specifiek op een misdrijf focussen, en als ze ook maar íéts vinden wat zou kunnen wijzen op iets anders dan een ongeluk...'

Silvia kijkt gepijnigd, maar het weerhoudt Lauren er niet van haar verhaal af te maken.

'De politie zit op dit moment nog op het spoor van een mogelijke link tussen Vincents dood en die vermoorde vrouw, en dat zullen ze tot op de bodem willen uitzoeken. Verder moet je niet onderschatten wat het betekent dat jij en Vincent publieke figuren zijn. De pers smult hiervan en heeft zijn schijnwerpers op de zaak gericht. Je ziet vaker bij dit soort "publieke zaken" dat de politie er met gestrekt been in gaat, omdat ze willen scoren en omdat ze willen voorkomen dat ze achteraf het verwijt krijgen dat ze steken hebben laten vallen. Daarom wordt alles uit de kast getrokken, hoe onterecht dat voor jou misschien ook voelt. Ga er maar van uit dat het artikel over jou en Remco pas het begin is van een hele hoop vuilspuiterij. Iedereen die je ooit bent tegengekomen bij de supermarkt of die bij je op school heeft gezeten zal zich ineens opwerpen als een vroegere vriendin of vriend die wel een boekje open wil doen. Als je wint heb je vrienden, maar als het ook maar een beetje tegenzit verandert dat al snel.'

'Met zulke "vrienden" heb ik dus geen vijanden meer nodig. En het helpt vast ook niet dat Vincents familie boos is vanwege de erfenis. Als ze nog wat olie op het vuur kunnen gooien, zullen ze dat waarschijnlijk niet laten, in de hoop er zelf ook maar een beetje beter van te worden. Remco heeft zijn aandeel al geleverd en als de gelegenheid zich aandient zal hij er vast nog een schepje bovenop doen. Sebastiaan zal me ook zeker niet helpen zolang ik hem dwars blijf liggen bij V-Suit, en van mijn eigen familie hoef ik het ook niet te hebben. Dat contact is zacht uitgedrukt behoorlijk verwaterd. En ik had hen ook niet nodig, want Vincent was mijn familie. Dit klinkt allemaal wel heel somber en kansloos, hè?'

'Is er dan niemand die iets positiefs over je wil zeggen?'

'Nou, ik denk het wel. Maar ik ken Henk nog niet zo lang.'

'Wie is Henk? En ga me niet vertellen dat hij een "scharrel" is over wie je me bent vergeten in te lichten. Dan word ik gek.'

'Henk is absoluut geen scharrel. Hij is een beer van een vent die in zo'n geblokt houthakkersshirt rondloopt. Ik heb hem ontmoet in de kroeg en hij is degene die me gered heeft toen ik werd aangevallen door die gek. En ik weet niet waarom, maar zijn aanwezigheid voelde al snel vertrouwd.'

'Oké, gelukkig. Die aanslag, daar moeten we ook echt meer over te weten komen. Het had dus met V-Suit te maken. En wat ik me nog afvroeg: naar wie gaan jouw aandelen als jou iets overkomt?'

'Naar Sebastiaan. En na alles wat er is gebeurd, is dat echt het laatste wat Vincent had gewild. Overigens zou Jeroen alsnog geld van Vincent erven als ik ook zou komen te overlijden. Ondanks hun slechte band wilde Vincent dat zo, en ik vond dat prima. Zoals je weet hebben we geen kinderen en ben ik niet close met mijn familie.'

'Ah, dat is interessant. Dus ook Jeroen heeft een motief om je uit de weg te ruimen.'

'Ik kan me niet voorstellen dat hij dat ook maar zou overwegen, maar ja, als je het zo bekijkt, dan heeft ook Jeroen een motief. En ik heb na Vincents dood gezien hoe hij ook kan zijn, dus ik weet eigenlijk niet wat ik ervan moet denken.'

'We kunnen dus Sebastiaan en Jeroen allebei niet uitsluiten als degene die die man op je af heeft gestuurd.'

'Hoe erg ik het ook vind, ik vrees dat dat de enige conclusie is, ja. Maar dat is toch te verschrikkelijk om over na te denken? Het ergste vind ik nog wel dat ik hierdoor niet echt kan beginnen met het rouwen om Vin. Naast verdriet voel ik zoveel onbegrip en boosheid.'

'Ik begrijp je helemaal. Dat voelde ik ook na de dood van mijn zusje. Zoveel woede en onmacht. Ik hoop echt dat jij antwoorden krijgt, zodat je die kant van Vincents dood voor jezelf kunt afronden. Want ik weet hoe zwaar het is, dat heb ik de afgelopen tijd weer moeten ervaren.'

Silvia ziet wat de gedachte aan Celeste met Lauren doet en ze pakt haar hand. 'Dankzij jouw vasthoudendheid zijn die antwoorden over Celeste er nu. En behalve het feit dat ik je vertrouw, is dat een van de redenen dat ik jou zo graag aan mijn kant wil. Ik weet zeker dat jij alles op alles zult zetten en al die leugens die er nu rondgaan zult ontkrachten.'

'Ik denk dat je me een beetje overschat, Sil. Zonder de hulp van die advocaat, journaliste en rechercheur was het nooit gelukt om Julien Fournier vrij te krijgen en de echte dader op te sporen. Zij hebben dingen in gang gezet en ik ben uiteindelijk aangehaakt. En het duurde echt wel even voordat ik ervan overtuigd raakte dat Fournier onschuldig zou kunnen zijn. Ik vond het heel lastig om me over mijn eigen verdriet heen te zetten en het beeld dat ik had van de moordenaar van Celeste los te laten. Het hielp ook niet dat ik wist dat mijn ouders het vreselijk zouden vinden dat ik aan die podcast zou bijdragen.

Ik was trouwens van plan om samen met Girard Roux bij ze langs te gaan deze week, maar gezien de huidige situatie moet dat maar even wachten. Je weet wat ik je gezegd heb over stappen vooruitdenken, hè?'

'Ja...' antwoordt Silvia aarzelend.

'In dat kader denk ik dat we maar één ding kunnen doen. We moeten zo snel mogelijk naar Duitsland vertrekken om te achterhalen wat er nou echt gebeurd is.'

17

Met een bedenkelijke blik kijkt Silvia naar Lauren. 'Naar het Zwarte Woud vertrekken? Is dat niet een beetje drastisch? Moeten we niet eerst afwachten waar de politie verder mee komt?'
'Dat lijkt me niet verstandig. Als ze ook maar iets vinden, zullen ze je oppakken en je officieel als verdachte gaan behandelen. Dat betekent ook dat je in hechtenis wordt genomen en dat je voor onbepaalde tijd geen kant meer op kunt.'
'Maar mag ik het land wel uit? Versteeg zei dat ik in de buurt moest blijven.'
'"In de buurt" is een relatief begrip, toch?'
'Ja, als je het zo bekijkt... Maar loop ik dan geen kans dat de Duitse politie me oppakt?'
'Zolang we niet actief communiceren dat je in de buurt bent, ben ik daar niet zo bang voor. Voordat ze ook maar iets denken te hebben wat ze jou in de schoenen kunnen schuiven, hoop ik met ons eigen onderzoek het tegendeel te kunnen bewijzen.'
'Die Franse agent zit bij jou thuis, toch?'
'Girard? Ja.'
'Kunnen we hem niet meenemen? Hij is tenslotte rechercheur en ik denk dat hij ons zeker kan helpen. Bovendien hebben jullie al eerder bewezen dat jullie een gouden duo zijn.'
'Hm, ik begrijp je punt, maar ik weet niet of ik dat van hem kan vragen. Hij is niet met mij mee naar Groningen gekomen om te werken, als je begrijpt wat ik bedoel.'
'Als jullie elkaar beter willen leren kennen, dan is het Zwar-

te Woud de ideale plek. Ons huis daar is groot genoeg om jullie privacy te bieden, en er zal ook zeker tijd zijn voor ontspanning, toch? De omgeving is echt prachtig. En ik denk dat als je het hem vraagt, hij echt wel met je mee wil.'

'Ik kan je niks beloven, Silvia. Als Girard besluit dat hij liever teruggaat naar Frankrijk om zijn vrije dagen thuis door te brengen, dan begrijp ik dat heel goed. Ik ga hem in dat geval niet tegenhouden.'

'En denk je niet dat we eerst nog eens met Sebastiaan moeten gaan praten over die bedreigingen? Ik vind het moeilijk voor te stellen dat hij mij echt iets zou aandoen, maar er is te veel gebeurd om daar blindelings van uit te kunnen gaan.'

'Is hij ervan op de hoogte dat hij jouw aandelen in V-Suit erft als jij komt te overlijden?'

'Van mij heeft hij het zeker niet gehoord en voor zover ik weet heeft Vincent hem daar ook nooit van op de hoogte gesteld. Maar met honderd procent zekerheid zou ik het niet kunnen zeggen. Misschien heeft Vin hem in vertrouwen genomen toen het nog helemaal goed liep tussen hen en heeft hij er niet aan gedacht het aan mij te vertellen... Als hij veel aan zijn hoofd had, dan vergat hij nog weleens wat.'

'Áls Sebastiaan ervan wist, dan zou dat een motief voor de bedreigingen kunnen zijn. Zou die hele deal waar het conflict mee begon zo belangrijk voor hem kunnen zijn?'

'Dat is een heel goede vraag, want V-Suit wordt er zeker niet beter van. Op korte termijn levert het een flinke smak geld op, maar daarna zie ik alleen maar nadelen. Slechte productieomstandigheden kunnen het merk echt kapotmaken, en ik vrees ook voor de kwaliteit van de kleding als alles om geldbesparing draait. En die kwaliteit is juist de grote kracht. Ik weet zeker dat als we die reputatie niet meer hebben, er geen BN'er of lifestylevlogger meer beschikbaar zal zijn voor onze reclamecampagnes. Als de influencers zich tegen je keren, kun je tegenwoordig wel inpakken.'

'Dan moet het wel een financiële reden hebben. Weet je of Sebas geldproblemen heeft?'
'Geen idee. Als dat zo is, dan zal hij dat niet met mij bespreken. Sebastiaan heeft een flink ego. Ik heb Vin er ook niet over gehoord en als hij zoiets had geweten, dan had hij het absoluut met me gedeeld om te kijken hoe we Sebastiaan zouden kunnen helpen. Zo was Vin. Hij steunde mensen die dicht bij hem stonden onvoorwaardelijk.'
'Misschien moet je Sebastiaan toch op de man af vragen waarom hij per se dat geld wil opstrijken...'
'Ik weet niet of dat zo verstandig is op dit moment. Als ik hem nog kwader maak, ben ik bang dat hij zijn dreigement echt uitvoert en zijn aandelen aan Diego verpatst. Ik heb hem al aangeboden om zijn aandelen – of een gedeelte daarvan – over te nemen, maar daar wil hij niets van weten. Waarom niet is me een raadsel. Ik heb hem zelfs beloofd meer te betalen dan Diego hem biedt.'
'Dat is gezien zijn behoefte aan geld inderdaad vreemd. Wie is er eigenlijk met die Diego op de proppen gekomen? Was dat Vincent of Sebastiaan?'
'Sebas. In die periode vertrouwde Vincent Sebastiaan nog blind en liet hij zich in eerste instantie enthousiast maken zonder al te veel vragen te stellen. Misschien naïef, maar ze zaten voorheen altijd op één lijn wat betreft omgang met personeel en inkoop van stoffen en zo, en Vin twijfelde geen seconde aan Sebas.'
'Dan moeten we uitzoeken waarom Sebastiaan opeens zo geswitcht is met zijn visie op de bedrijfsvoering. En wat ik ook niet zo goed begrijp... V-Suit is een succesvol bedrijf met een goede naam, dus je zou denken dat de investeerders in de rij staan. Waarom heeft Sebastiaan dan juist die éne gekozen die zo ver afstaat van V-Suit en alles wat het bedrijf beoogt te zijn?'
'Dat is een vraag waar ik al tijden mijn hoofd over breek. En

Vincent kwam daar zelf ook niet uit. Er moet meer achter zitten, dat kan niet anders. Maar ik ben wel bang wat er allemaal in gang wordt gezet als we die beerput opentrekken.'

'Toch zullen we dat moeten doen. Maar voordat we ons verliezen in allerlei speculaties, moeten we ons eerst focussen op het politieonderzoek. Hoe moeilijk het ook te geloven is, Diego en Sebastiaan zijn op dit moment niet ons grootste probleem. We zullen...'

Silvia onderbreekt haar. 'Lauren...'

'Ja?'

'Dank je. Ik heb je hier zomaar van het ene op het andere moment bij betrokken nadat ik jarenlang niks van me heb laten horen. En dat vind ik heel laf van mezelf. Ik wist gewoon niet zo goed wat ik moest zeggen, na Celeste. Ik vond het zo heftig wat jij en je ouders doormaakten, maar dat is geen excuus. En nu ben jij hier wel voor mij. Ik waardeer het echt enorm dat je dit voor me doet. Dus dank je wel voor je steun, terwijl je zelf ook genoeg aan je hoofd hebt na alles wat er de afgelopen weken in Frankrijk is gebeurd.'

'Het is oké, Sil. Serieus, ik help je graag. Ik kan je dit toch niet in je eentje laten oplossen? Zeker niet als de politie zo vooringenomen is en jou op die manier behandelt. Je bent een goed mens, maar wordt niet op die manier behandeld. Het hele gebeuren in Frankrijk rond Julien Fournier en nu hier met jou heeft me wel aan het denken gezet. Ik wilde geen advocaat meer zijn omdat ik het gevoel had dat ik door daders zoals die van Celeste bij te staan, haar tekortdeed. Alsof ik goedkeurde wat haar is aangedaan. Ik droomde erover en ging kapot aan dat schuldgevoel, dat ook nog eens gevoed werd door mijn ouders, die mij indirect verantwoordelijk hielden voor haar dood. Want ik had nooit mogen laten gebeuren dat zij die avond stiekem met mij meeging naar de discotheek. Maar nu lijkt er iets veranderd; ik voel me lichter. Alsof ik kan voelen dat Celeste trots op me is nu de echte dader is gevonden. En nu zij rust heeft, kan ik ook verder met mijn leven, doen wat voor mij juist voelt, zonder schuldgevoel. Op dit moment is dat hier zijn, bij jou.'

Silvia heeft tranen in haar ogen als ze Laurens hand pakt. 'Je bent zo ontzettend dapper. Ik hoop dat het mij op een dag lukt om mezelf weer bij elkaar te rapen, net zoals jij dat gedaan hebt. Jij bent voor mij echt een inspirerend voorbeeld van een sterke vrouw.'

'Dat gaat jou ook lukken, Sil. Maar eerst gaan we uitzoeken wat er nou precies met Vincent is gebeurd. Misschien heeft de politie inderdaad gelijk en is er toch sprake van een misdrijf. Het is wel duidelijk dat er een paar mensen met een motief zijn, maar jij bent er daar absoluut niet een van. Jouw verhaal heeft me aan het twijfelen gebracht over mijn carrièreswitch. Advocaten verdedigen niet alleen misdadigers, ze komen ook op voor mensen zoals jij, die worden beschuldigd van iets wat ze niet hebben gedaan. We gaan ervoor, Sil. En ik ga nu de eerste stap zetten.'

'De eerste stap?' Silvia kijkt Lauren vragend aan.

'Ik ga die Versteeg even bellen om duidelijk te maken dat er meer "theorieën" mogelijk zijn dan die hij en zijn collega's hebben opgeworpen. Ik ga hem vertellen dat Sebastiaan jouw aandelen in V-Suit erft als jou iets overkomt en dat Vincents broer Jeroen ook had gerekend op een aandeel in de erfenis, dat hij niet krijgt zolang jij leeft. Beide mannen hebben een motief om jou uit de weg te ruimen en dat lijkt me voldoende reden om ze allebei eens flink aan de tand te voelen op het bureau.' Het vuur in haar ogen is precies de steun die Silvia nu zo hard nodig heeft.

Deel 3

Titisee-Neustadt, het Zwarte Woud

18

De zon is net opgekomen als Girard Roux de afslag neemt naar Titisee-Neustadt. Lauren zit knikkebollend naast hem en Silvia ligt op de achterbank. Tegen haar verwachting in heeft ze het grootste gedeelte van de reis geslapen. Lauren en Girard geven haar zo'n veilig gevoel dat ze het idee heeft dat ze voor het eerst sinds Vincents overlijden haar alertheid even kan loslaten. Een positieve les die ze uit al deze narigheid kan trekken, is dat hulp soms uit onverwachte hoek komt. Zo weet ze ook nog steeds niet waar ze Henks vriendschap aan heeft verdiend, maar ze accepteert die dankbaar. De vorige avond hebben ze ruim een uur aan de telefoon gehangen en heeft ze hem helemaal bijgepraat. Hij weet precies hoe hij haar gerust moet stellen en hoe hij haar aan het lachen kan krijgen, zelfs nu. Ze neemt zich voor om snel voor Henk een speciaal V-Suit-maatpak en -joggingpak te laten ontwerpen, zodat hij ook eens wat anders kan dragen dan een houthakkersblouse met spijkerbroek. Die pakken zouden hem vast mooi staan.

Vanaf de achterbank observeert ze Girard onopvallend. De Franse rechercheur heeft absoluut iets aantrekkelijks en ze begrijpt wel wat Lauren in hem ziet. Net als Lauren aarzelde hij geen moment om haar te hulp te schieten en op zijn advies zijn ze vannacht al vertrokken naar Titisee-Neustadt. In zijn auto, voor het geval Silvia in de gaten wordt gehouden. Comfortabel genoeg om in te slapen, trouwens. Met tegenzin gaat ze overeind zitten. De bekende weg naar haar vakantiehuis roept veel herinneringen op. Nog maar een paar weken geleden was ze met Vincent onderweg erheen. Hoe vaak hebben ze hier in de afgelopen jaren wel niet samen gereden? Het besef dat dit nooit meer zal gebeuren is te pijnlijk. Op deze plek kwamen ze altijd tot rust. De aankoop van hun tweede huis was destijds iets waar ze het niet direct over eens waren. Haar voorkeur was uitgegaan naar een land met flink wat zon, zoals Portugal of Spanje, en het liefst dicht bij zee. Maar Vincent wilde graag naar een plek die elk seizoen iets te bieden had. Op het huis aan de rand van Titisee-Neustadt waren ze allebei meteen verliefd geweest. Hoewel tropische temperaturen daar natuurlijk niet aan de orde waren, had de ligging vlak bij de Titisee veel goedgemaakt voor Silvia. Vincent was op zijn beurt ook helemaal in zijn nopjes. In de winter kon je er skiën en schaatsen, in de herfst prachtig wandelen en in de lente en zomer kon hij met zijn fiets de vele mountainbikeroutes verkennen.

Als Girard op Silvia's aanwijzingen het lange slingerpad naar het huis inslaat, dat omzoomd is door naaldbomen, slikt ze haar opkomende tranen weg. Ze baalt ervan dat ze zo labiel is geworden en om de haverklap wordt overvallen door verdriet. Het maakt haar kwetsbaar en dat kan ze op dit moment niet gebruiken. De komende dagen zullen intensief genoeg worden, en daar heeft ze haar focus voor nodig.

'Wat een prachtig huis!' roept Lauren uit als de witte villa met het leistenen dak en de houten balkons aan het einde van de zandweg in zicht is. Haar enthousiasme geeft Silvia een gevoel van trots. Als ze even later uitstapt en een aangenaam briesje de geur van dennen en veldbloemen haar neus in blaast, voelt ze zich rustiger worden. Zelf nu Vin er niet meer is, is dit haar thuis. Misschien is het nog niet zo'n gek idee om hier permanent te gaan wonen. Weg van al dat gezeik in Nederland. Hier kan ze anoniem zijn en heeft ze geen last van de roddelpers. En haar werk voor V-Suit kan ze ook prima vanuit hier doen. De internetverbinding is goed genoeg om digitaal vergaderingen bij te wonen, en voor echt belangrijke zaken kan ze naar Nederland gaan.

Silvia opent de deur voor hen en Girard en Lauren sjouwen hun haastig ingepakte tassen naar binnen. Zelf brengt ze haar spullen meteen naar boven. In de slaapkamer denkt ze nog vaag de geur van Vincents aftershave te ruiken en ze ademt zo diep mogelijk in. Kon ze zijn geur maar voor eeuwig vasthouden. Daarna pakt ze het flesje aftershave dat onder de grote badkamerspiegel staat en ze draait de dop eraf. De doordringende lucht maakt haar aan het niesen, maar kan de leegte die ze vanbinnen voelt niet vullen. Zonder de mengeling met Vincents huid en geur is het effect weg. Ze draait de kraan open en keert het flesje boven de wasbak om. Weg met dat spul. Als het flesje leeg is en ze misselijk is van de zware geur, wordt ze overvallen door een nieuwe emotie. Een boosheid die ze niet van zichzelf kent. *Waarom ben je dat fucking ravijn in gereden, Vin? Had je niet wat beter uit je doppen kunnen kijken? Het is één grote klerezooi nu jij er niet meer bent.*

Met haar handen steunend op de rand van de wasbak kijkt ze in de spiegel en ze schrikt. Haar make-up is uitgelopen, ze is toe aan een nieuwe verfbeurt om de grijze haren te verbloemen en haar ogen zijn rood en dik. De douche lonkt, maar ze zal zich later opfrissen. Eerst moet ze terug naar beneden en haar gasten wegwijs maken. Het minste wat ze voor hen kan doen is een goede gastvrouw zijn. Girard en Lauren zitten naast elkaar op de bank als ze de woonkamer binnenloopt. 'Sorry dat ik er zomaar vandoor ging,' zegt Silvia verontschuldigend.

'Geeft niet, hoor. We snappen dat het heel wat bij je losmaakt om hier weer terug te zijn. We hebben ons trouwens uitstekend vermaakt met het prachtige uitzicht. Gaat het een beetje met je?' Lauren kijkt haar bezorgd aan.

'Daar ga ik maar niet te lang over nadenken, want dan word ik gek. Kom, dan laat ik jullie de slaapplekken zien. Willen jullie één slaapkamer of liever…'

'Is apart mogelijk?' antwoordt Lauren in het Nederlands. 'Ik wil niks forceren.'
'Heel verstandig,' zegt Silvia, en ze grinnikt. 'Maar wat jij wilt, het huis is groot genoeg. Kiezen jullie maar een kamer uit op de begane grond, dan heb ik de bovenverdieping voor mezelf en zitten we elkaar niet in de weg. Beneden is ook een badkamer en alle slaapkamers hebben een tweepersoonsbed, dus...' Silvia geeft Lauren een knipoog. 'Ik loop even mee, zodat jullie je kunnen installeren, en dan spring ik vlug onder de douche.' Ze houdt demonstratief een verwarde pluk haar in de lucht.
'Goed idee. We frissen ons allemaal even op en dan maken we een plan.'
'Wat ik me nog afvroeg: denk je dat ze ons laten weten wanneer ze Vins lichaam gaan opgraven?'
'Dat zou wel netjes zijn, ja, maar aangezien Versteeg en De Vries niet veel ophebben met zulke ongeschreven regels, bel ik er straks zelf achteraan. Jij moet je er in elk geval buiten houden. Ze mogen onder geen enkel beding te weten komen dat je in Duitsland zit. Ze zullen het bestempelen als "vluchten" en dat doet je zaak geen goed. Dat betekent dus ook dat je even geen contact kunt hebben met Sebastiaan en die Henk, voor het geval ze contact met hen opnemen. Ik heb het er gisteravond uitgebreid met Girard over gehad en hij was het volledig met me eens.'
Girard kijkt Lauren aan als hij zijn naam hoort, en ze verontschuldigt zich in het Frans voordat ze naar het Engels switcht om Girard weer deelgenoot van het gesprek te maken. Doordat Silvia's Frans op middelbareschoolniveau is blijven hangen, moeten ze zich een beetje aan elkaar aanpassen.
'Maar ik moet mijn secretaresse laten weten dat ik er een paar dagen niet ben. Als ik niet kom opdagen en niks van me laat horen, dan gaat ze zich zorgen maken en wie weet wat ze dan doet. Ik vertel haar wel dat ik helemaal ben ingestort en

me een paar dagen terugtrek om weer tot mezelf te komen. Ik móét haar instrueren dat ze Sebastiaan in de gaten houdt, zodat hij geen dingen achter mijn rug om doet. Er staat te veel op het spel.'

'Oké, dat moet dan maar, als je haar maar niet vertelt dat je nu hier bent.'

'Ik zal het zo vaag mogelijk houden. Kom, ik laat jullie de kamers zien.' Silvia gaat hun voor naar de zijvleugel op de begane grond, waar de grote ramen een adembenemend uitzicht geven op het meer en de nabijgelegen berg Hoch. De zomerzon laat alles nog eens extra stralen. Ze opent de deur naar de eerste slaapkamer en gooit de gordijnen open. Ook hier bieden grote ramen een prachtige kijk op de omgeving. Lauren en Girard kijken vol bewondering hun ogen uit. 'Nog steeds twee kamers?' vraagt ze aan Lauren met een lachje rond haar mond. Lauren knikt vastberaden, maar Girard lijkt minder stellig. Silvia denkt een flits van teleurstelling op zijn gezicht te zien. 'Volg mij maar,' zegt ze vriendelijk tegen hem. 'Jouw kamer is minstens zo mooi.' Terwijl hij zijn tas weer oppakt, is Lauren al begonnen met uitpakken.

'Over twee uurtjes verzamelen in de woonkamer?' stelt Silvia voor. Haar beide gasten stemmen in. Ze wijst Girard zijn kamer en loopt door naar boven. Op dat moment belt Sebastiaan haar voor de zoveelste keer. Deze keer spreekt hij wel haar voicemail in. Als ze het bericht afluistert, moet ze de telefoon een stuk bij haar oor vandaan houden. Na een scheldkanonnade vraagt hij haar woedend wat voor leugens ze aan de politie heeft verteld over hem en waarom hij vanmiddag op het bureau moet verschijnen. Ze luistert ook haar andere voicemailbericht af. Jeroen pakt het wat beschaafder aan, maar is ook zwaar verbolgen dat de politie hem wil spreken. Silvia glimlacht. Laurens telefoontje naar Versteeg heeft duidelijk het gewenste resultaat gehad.

19

Het drietal is onderweg naar Badeparadies Schwarzwald. Als eerste stap moeten ze zien te achterhalen of het bezoekje van Silvia aan het bad op de dag van Vincents ongeluk te bewijzen is. Hoewel Silvia ervan overtuigd is dat niemand zich haar zal herinneren, heeft Girard erop aangedrongen om het toch te proberen. 'Als iemand kan getuigen dat je daar bent geweest, dan hebben we een heel sterke aanwijzing voor jouw onschuld.'
Silvia had er uiteindelijk mee ingestemd, ook al had ze er nog steeds een hard hoofd in. Maar alles was beter dan nu thuis stilzitten. Er stond te veel op het spel om af te wachten waar de politie mee zou komen na de opgraving en het verhoor van Remco. Die zogenaamde getuige was stellig geweest in zijn bewering dat hij Silvia op de plek van het ongeluk had gezien. Hoewel het complete onzin was, hadden Versteeg en De Vries duidelijk laten blijken dat ze niet aan zijn woorden twijfelden. Girard was ervan overtuigd dat de politie niet snel zou loslaten nu ze bovenaan hun verdachtenlijstje stond. Ze moest de valse beschuldiging dus zo snel mogelijk zien te weerleggen met bewijzen, voordat de politie haar officieel zou oppakken op verdenking van moord of doodslag.

Girard parkeert de auto in de garage die aan het badencomplex grenst. Ruim driekwart van de plekken is bezet. 'Hebben ze veel vaste gasten?' vraagt hij aan Silvia.

'Een mix van vaste bezoekers uit de omgeving en van toe-

risten. Er zijn een aantal vaste klanten die wekelijks komen.'
'Kun je je nog mensen herinneren die je hebt gezien tijdens je bezoek?'
'Poeh, wel een paar gezichten die ik daar vaker heb gezien, maar ik weet geen namen. Het is een enorm complex met verschillende binnen- en buitenbaden, sauna's, een rustruimte. Dus het is heel goed mogelijk om een buurvrouw die er toevallig ook is mis te lopen. En ik kom hier voor mijn rust en om te ontstressen, niet om te socializen. Ik kan echt uren met mijn ogen dicht in dat warme water dobberen zonder een mens te spreken.' Uit haar stem klinkt verlangen. Het liefst zou ze zo meteen het bad in springen en onder water verdwijnen. Al haar problemen op de bodem achterlaten voordat ze weer bovenkomt voor een hap frisse lucht.
'Maar zoals je eerder vertelde ken je de eigenaren van het bad wel goed, toch?' vraagt Lauren.
'Ja, Friedrich en Hannah, maar die waren in die periode net een weekje op vakantie. De vervanger die er op dat moment was, ken ik verder niet. Nooit eerder gezien. Ik heb een speciaal pasje waarmee ik gratis toegang heb tot het bad. Ik laat het altijd aan de caissière zien en dan loop ik door naar de toegangspoortjes.'
'Dus de caissière kent je wel?'
'De vaste caissière was afwezig. Er zat een jong meisje dat ik daar nog nooit had gezien, misschien een student. In de vakantieperiode wisselt het personeel nog weleens.'
'We gaan eerst maar eens praten met Hannah en Friedrich,' zegt Lauren. Ze probeert de moed er duidelijk in te houden, maar zowel haar gezicht als dat van Girard staat zorgelijk. Silvia perst er een flauw glimlachje uit. Samen lopen ze naar de ingang van het bad en Girard houdt galant de deur voor Silvia en Lauren open. Ze lopen meteen door naar de kassa en informatiebalie en Silvia ziet tot haar opluchting dat de vaste caissière er zit. '*Schönen Tag*, Marie.'

'Hallo, Silvia,' begroet Marie haar, maar het is een stuk minder hartelijk dan Silvia van haar gewend is. Marie vraagt niet eens hoe het met haar gaat. Weet ze niet wat ze tegen Silvia moet zeggen nu ze haar man heeft verloren of zijn de leugens die er over haar rondgaan ook hier verspreid? Met een brok in haar keel vraagt ze of Hannah en Friedrich aanwezig zijn en of ze hen even kan spreken. Zonder iets te zeggen pakt Marie haar telefoon en voert een kort gesprekje. 'Hannah komt er zo aan. Ga maar even in het restaurant zitten, dan ziet ze jullie daar. Schoenen graag omwisselen voor badslippers.' Marie vraagt naar hun schoenmaten, overhandigt de slippers en zet hun schoenen achter de balie. Daarna opent ze het poortje voor hen.

Silvia bedankt haar en ze gaat Lauren en Girard voor naar binnen. Het ontspannen gevoel dat ze hier normaal al snel voelt blijft uit. Ze voelt zich bekeken als ze doorlopen naar het restaurant. Het zijn niet de gebruikelijke blikken van herkenning en bewondering die ze gewend is te krijgen. Het gefluister over 'de vrouw van die bekende zakenman' blijft uit. Er klinkt gemompel dat ze niet verstaat, maar waar ze de boodschap wel van begrijpt. Even heeft ze het gevoel dat ze er alleen voor staat, maar als ze het duo dat achter haar loopt ziet, weet ze dat dat niet waar is. Zij zijn nota bene voor haar naar Duitsland gekomen, terwijl ze aanvankelijk heel andere plannen voor deze week hadden.

Terwijl Lauren en Girard plaatsnemen aan een tafeltje, bestelt Silvia drie versgeperste vruchtensappen. De glazen zijn voorzien van een rietje en een schijfje sinaasappel. Silvia steekt net het rietje in haar mond als Hannah aan komt lopen. Ze draagt een joggingpak van V-Suit en haar rossige paardenstaart zwiert bij elke stap heen en weer. Silvia bestudeert aarzelend de lach op Hannahs gezicht, maar die lijkt oprecht en net als anders te zijn. 'Silvia!' Ze opent haar armen voor een omhelzing. 'Ik vind het zo erg voor je van Vincent.' Silvia laat zich knuffelen en stelt dan Lauren en Girard aan haar voor.

'Wat kan ik voor jullie doen?' vraagt Hannah.

'Ik weet niet of de geruchten jou al hebben bereikt, maar de politie begint er steeds meer aan te twijfelen of de dood van Vincent wel een ongeluk was.'

'Ik heb zoiets gehoord, ja.'

'Heb je ook gehoord dat ik hun hoofdverdachte ben?'

'Dat heb ik ook opgevangen, ja, maar eerlijk gezegd geloof ik daar helemaal niets van. Zoiets zou jij nooit doen. Daar ben je veel te zachtaardig voor.'

'Ik denk dat je een van de weinigen bent die dat denkt.'

'Wat de rest denkt en rondbazuint kan mij niet schelen. Ik vorm mijn eigen mening en ken jullie al zo lang. Je komt hier al jaren en we hebben ook veel aan Vincent te danken.' Ze raakt even het jasje van haar joggingpak aan.

'En Friedrich? Hoe staat hij erin?'

'Hetzelfde als ik.'

'Dat betekent echt veel voor me...' Silvia slaakt een zucht van verlichting.

Lauren neemt het gesprek over en zegt: 'Op de dag van Vincents overlijden was Silvia tot het eind van de middag in jullie badhuis.'

'Dan heeft ze toch een alibi voor de tijd waarop Vincent is gestorven?'

'Het wordt pas een alibi als iemand haar aanwezigheid hier kan bevestigen en daar zit het probleem. Silvia vreest dat niemand zich haar bezoek kan herinneren, omdat ze geen andere gasten heeft gesproken, jullie er zelf niet waren en ook de vaste caissière afwezig was.'

'We hadden een hoop stress van Vincents bedrijf en we waren hiernaartoe gekomen om even bij te komen. Vin ging in zijn eentje fietsen om wat spanning kwijt te raken en ik ben hierheen gegaan om even nergens aan te hoeven denken. We zouden elkaar uiterlijk rond zes uur weer thuis zien en dan een hapje gaan eten bij Seeterrasse,' licht Silvia toe.

Hannah knikt begrijpend. 'Maar je toegangspas is toch geregistreerd toen je binnenkwam?'

'Dat is nou juist het probleem. De poortjes stonden open vanwege een storing. Iedereen kon zo doorlopen als ze langs de kassa waren geweest. Ik heb mijn pasje aan het meisje achter de balie laten zien, maar ik kende haar niet, dus zij zal zich mij vast niet herinneren.'

'Maar dat willen we wel zeker weten, dus zou jij dat meisje kunnen bellen om dat te checken, Hannah?' vraagt Lauren.

'Natuurlijk. Ik zal Romy straks meteen even bellen. Om welke dag ging het ook alweer precies, Silvia?' vraagt Hannah.

'Het was op een maandag. Maandag 5 juli.'

'Dan ga ik Mia er even bij halen. Zij komt al jarenlang elke maandag hier; ik denk dat ze wel een van onze trouwste gasten is. Misschien kan ze zich jou nog herinneren.' Hannah staat al naast haar stoel.

'Dat zou fantastisch zijn!' Silvia klinkt hoopvol en ook Lauren glimlacht opgetogen.

'Ik ben zo terug.' Hannah maakt zich snel uit de voeten. Lauren praat Girard vlug bij, omdat zijn Duits niet goed genoeg is om alles te volgen. Hannah komt binnen een paar minuten al aanlopen met een grote vrouw in een dikke witte badjas. Haar gebruinde gezicht druipt nog van het water. Een badmuts met het logo van het badhuis verhult aan de bolling te zien een flinke bos haar. De vrouw straalt iets energieks uit en oogt volmaakt ontspannen. Tot haar grote opluchting herkent Silvia haar gezicht. Hopelijk geldt dat ook andersom. Verwachtingsvol steekt ze haar hand uit en Mia schudt hem hartelijk terwijl ze zich voorstelt. Ook Lauren en Girard worden begroet. Hannah legt Mia in het kort uit wat er aan de hand is. Zodra de dood van Vincent ter sprake komt, betrekt Mia's gezicht. 'Wat een vreselijke toestand,' verzucht ze. 'Je weet dat er akelige dingen gebeuren op de wereld, maar soms komt het wel heel dichtbij.'

Hannah knikt instemmend. 'Mia, kun je je nog herinneren of je Silvia op maandag 5 juli in het bad hebt gezien? Het was die dag waarop er een storing was in het systeem en de toegangspoortjes openstonden.'

Mia bestudeert Silvia's gezicht zo indringend dat ze er zenuwachtig van wordt. 'Je hebt het toch niet gedaan, hè? Ik heb het een en ander gehoord...' begint ze aarzelend.

Hoewel ze kon verwachten dat Mia de geruchten ook had gehoord, voelt die vraag voor Silvia toch als een klap in haar gezicht. Ze neemt een slok van haar vruchtensap voordat ze antwoord geeft. 'Ik hield van mijn man, dus nee, ik heb hem niet vermoord. Vincent is verongelukt en dat ze dicht bij die plek ook het lichaam van een vrouw hebben gevonden is vreselijk, maar puur toeval.'

'Dat moet ik dan maar voor waar aannemen,' antwoordt Mia.

Lauren probeert Mia weer tot de kern van de zaak te brengen voordat ze alsnog aan de haal gaat met alle roddels en speculaties, en ze vraagt: 'Mia, kun je je Silvia's aanwezigheid hier op die bewuste dag nog herinneren en zo ja, kun je ook zo nauwkeurig mogelijk aangeven tussen welke tijden Silvia hier volgens jou was?'

Mia knikt overtuigend. 'Ik heb Silvia hier absoluut gezien op die dag. Eerlijk gezegd ben ik nogal fan van haar en haar man. Overleden man.' Mia kucht ongemakkelijk. 'Bekende mensen hebben toch een soort status en zo gedragen ze zich ook vaak. Het leuke van Silvia vind ik altijd dat ze zich nooit zo gedraagt. Niet dat ze hele gesprekken met je voert, maar ze groet altijd vriendelijk. Zij komt hier natuurlijk ook voor haar rust en ontspanning en het is sowieso een ongeschreven regel dat je elkaar met rust laat en geen gesprekken voert alsof je in het café of de supermarkt staat. Maar dat neemt niet weg dat we niet naar haar mogen kijken.' Ze lacht verlegen. 'Ik vind het altijd heel speciaal om een beroemd iemand te zien. En met haar man zat ze ook regelmatig een borreltje te doen of te eten op een terras in het dorp. Gewoon tussen de andere bewoners.'

Lauren probeert de vrouw weer bij de les te krijgen en vraagt: 'Op welke tijden heb je Silvia hier op 5 juli gezien, Mia?' Ze kan geen geduld opbrengen voor uitweidingen die alleen maar afleiden van de kern van de zaak.

'O, ja. Silvia kwam vlak na mij binnen, rond een uur of twaalf, en ik zag haar aan het eind van de middag in de parkeergarage naar haar auto lopen. Dat moet tegen halfvijf geweest zijn.'

'En heb je haar al die tijd onafgebroken in het bad gezien?'

'Ik heb een paar keer zo'n gezond sapje gehaald en ben een paar keer naar het toilet geweest. Al dat water en dan ook nog dat sap, dat stimuleert de blaas.'

'Dus als ik het goed begrijp, ben je Silvia die dag nooit lang uit het oog verloren?' vraagt Lauren voor de zekerheid.

'Dat klopt. Ik ben Silvia nooit langer dan een kwartier uit het oog verloren, dat weet ik honderd procent zeker.'

'Fijn om je zo stellig te horen, Mia. Dan zul je mijn volgende vraag ook wel voelen aankomen: ben je bereid dit officieel tegenover de politie te verklaren?'

'Absoluut, waarom niet?'

'Dat is geweldig. De wereld heeft meer mensen zoals jij nodig, Mia.' Lauren geeft de vrouw dat complimentje om haar mild te stemmen voor de volgende vraag. 'En als ik dan nog een stapje verderga: zou je bereid zijn om als getuige op te treden, mocht de politie toch vasthouden aan het belachelijke idee dat Silvia haar man iets heeft aangedaan?'

Nu aarzelt Mia zichtbaar. 'Dat is dan in het openbaar, toch?'

'Ja. Het zorgt ervoor dat je zelf ook een beetje beroemd wordt,' zegt Lauren in een poging haar te paaien.

'Denk je dat echt? Is het niet slecht voor mijn imago dan?'
'Nee, absoluut niet! Getuigen in een zaak die in de spotlight staat, dat is ongelofelijk dapper. Mensen zullen je een held vinden omdat je het juiste durft te doen.'
'Echt waar?'
'Zeker weten. Maar hopelijk is het helemaal niet nodig om in het openbaar te getuigen en komt de politie tot inkeer na jouw schriftelijke verklaring.'
'O.' Mia's stem daalt een octaaf van teleurstelling. 'Word ik met zo'n schriftelijke verklaring dan niet beroemd?'
'Je naam zal zeker elke keer genoemd worden in de pers en op social media als je die verklaring hebt afgelegd. Als jij degene bent die ervoor zorgt dat de verdenking niet langer op Silvia valt en Vincents overlijden wordt beschouwd als het ongeluk dat het ook daadwerkelijk was...'
'Oké.' Mia lijkt gerustgesteld. 'Maar, eh, hoe zit het dan met die vrouw die ze gevonden hebben?'
'Die vrouw heeft op geen enkele manier iets met Silvia te maken. Ze had nog nooit van die vrouw gehoord of haar gezien voordat de politie erover begon.'
'Ze was dus niet de minnares van Vincent? Want ja, dat is wel wat er gezegd wordt hier in het dorp.'
'Vincent had geen minnares en hij kende de vrouw die ze hebben gevonden net zomin als ik,' zegt Silvia nu zelf stellig.
'Nou, je kunt er nooit zeker van zijn, hoor, of je man af en toe niet "buiten de deur eet". De man van mijn vriendin...'
'Zou je mij je gegevens willen geven, zodat ik contact met je kan opnemen over die getuigenis?' Lauren onderbreekt haar.
'U bent de advocaat van Silvia?'
'Ik sta haar juridisch bij, ja, en Girard hier is een vriend van me die me adviseert. Hij is een Franse rechercheur.'
'Doet u ook moordzaken?' vraagt Mia, waarop Girard knikt.

'O, wat spannend,' jubelt hun kletsgrage en vooralsnog enige getuige, die de ernst van de situatie nog steeds niet helemaal lijkt te bevatten.

'Uw gegevens...' Lauren helpt het haar nog maar eens herinneren, terwijl ze haar telefoon in de aanslag houdt om de gegevens daar meteen in op te slaan. Mia dreunt braaf alles op wat Lauren wil weten.

'Dank je wel Mia, ik neem contact met je op zodra ik de politie heb gesproken. En heel belangrijk: zou je voorlopig even voor je kunnen houden dat je met ons gesproken hebt? We willen niet dat de pers je gaat bestoken nog vóórdat de politie je getuigenis heeft aangehoord.'

'Je bedoelt dat ik me eigenlijk moet gedragen alsof ik in zo'n Amerikaanse jury zit? Want daar mogen de juryleden ook geen contact hebben met de buitenwereld om het proces en hun onafhankelijkheid niet te beïnvloeden. Ik heb er wel een beetje verstand van, want ik lees veel van die rechtbankthrillers en ik kijk ook weleens een tv-serie.'

'Dat is precies wat ik bedoel. Beeld je maar in dat je een Amerikaans jurylid bent,' stelt Lauren haar voor. 'Heel erg bedankt dat je je badsessie even hebt willen onderbreken om met ons te praten.'

'Ja, nou, graag gedaan. Ik heb altijd geleerd dat je mensen moet helpen wanneer je maar kunt.'

'Zoals ik al eerder zei: de wereld heeft meer mensen zoals jij nodig, Mia.'

'Ik ben het daar helemaal mee eens.' Silvia steekt Mia haar hand toe. De vrouw neemt hem aan en glundert zichtbaar. Silvia lijkt zich weinig aan te trekken van die adoratie, maar Lauren kijkt er met verbazing naar.

'Kan ik jullie iets te drinken aanbieden?' vraagt Hannah. Ze heeft zich al die tijd net als Girard op de achtergrond gehouden.

'Ik hou het drankje graag van je tegoed, Hannah. Als je het

niet erg vindt duik ik het bad weer in. Ik begin het inmiddels een beetje koud te krijgen.'

'Dat komt goed, Mia, ik zal het doorgeven bij de sapbar.'

'Wij gaan er ook vandoor, hè?' zegt Silvia, terwijl ze Lauren en Girard aankijkt, die direct instemmend knikken.

'Prima. Dan ga ik ook weer aan het werk.' Hannah haalt een visitekaartje uit de zak van haar joggingbroek en geeft het aan Lauren. 'Aarzel niet om me te bellen als er iets is.'

'Dat geldt andersom ook, mocht je toch nog iets te binnen schieten wat ons van nut kan zijn. Een extra getuige zou bijvoorbeeld heel welkom zijn.'

'Ik zal mijn ogen en oren openhouden.' Hannah geeft Lauren en Girard een hand en Silvia een knuffel. 'Ik hoop je snel weer eens in het bad te zien, Silvia. Hou je taai!'

20

De terugweg brengen Silvia, Lauren en Girard zwijgend door. Ze moeten allemaal het gesprek met Mia in het kuurbad duidelijk nog even op zich laten inwerken. Silvia weet niet zo goed wat ze met haar gevoelens aan moet. Ze is opgelucht dat Mia zich herinnert dat ze haar op die eerste maandag van juli heeft gezien, maar ze durft niet helemaal op deze vrouw te rekenen. Als de druk van buitenaf groter wordt, is Mia dan nog steeds bereid om te getuigen? Blijft ze bij het verhaal dat ze zojuist heeft verteld of laat ze zich beïnvloeden door haar omgeving als dat haar beter uitkomt? Mia kan een doorslaggevende rol spelen als de politie vast blijft houden aan de belachelijke theorie dat ze Vincent en zijn minnares om zeep heeft geholpen om de erfenis op te strijken. De politie zal er alles aan doen om de getuige die beweert haar gezien te hebben bij het ravijn naar voren te schuiven en de beweringen van Mia onderuit te halen. En ze vreest dat Mia zich snel zal laten intimideren als de politie haar handig bespeelt.

En dan is Remco er ook nog. Hij is pas echt een ongeleid projectiel. Wat zou hij allemaal gezegd hebben tijdens zijn gesprek op het politiebureau? Het zit haar behoorlijk dwars dat ze niets meer van hem heeft gehoord. Hij had toch even kunnen laten weten wat de politie allemaal gevraagd heeft en waar ze hem precies van verdenken? Ongewild zitten ze in hetzelfde schuitje. Oké, ze heeft hem meer dan duidelijk gemaakt dat ze hem nooit meer wilde spreken of zien toen hij ineens voor haar neus stond op Vincents uitvaart, maar ze had nooit kunnen verwachten dat ze hem door alles wat er nadien is gebeurd wel móét spreken. Bovendien trekt Remco zich er normaal weinig van aan als iemand hem iets oplegt. Hij is altijd zijn eigen gang gegaan; dat vond ze voordat ze er zelf de dupe van werd juist aantrekkelijk aan hem. Zou het kunnen dat de politie hem op het bureau vasthoudt? Heeft hij haar daarom niet gebeld? Maar als hij vastzit, waar wordt hij dan concreet van beschuldigd? Want die onzin over dat ze samen met hem onder één hoedje speelde tegen Vincent kunnen ze toch met geen mogelijkheid aantonen? Iemand moet de politie die leugens hebben ingefluisterd, maar wie? Ze verdenkt Remco er nog steeds van dat hij om haar zwart te maken met *De Telegraaf* heeft gepraat over hun kortstondige affaire, maar hij is geniepig genoeg om zichzelf op geen enkele manier in de problemen te brengen.

Silvia's somberheid lijkt over te slaan op het weer. 's Ochtends scheen de zon nog volop, maar in de afgelopen uren is de lucht helemaal dichtgetrokken. De donkere wolken weerspiegelen in de Titisee en maken het normaal zo blauwe water donker en grauw. Op een paar bootjes en een dappere zwemmer na is het meer leeg. Als Girard de weg naar haar vakantiehuis inslaat, blijft de blijdschap die ze normaal voelt bij de aanblik van het prachtige pand uit. Ze ziet het allemaal even niet meer zitten. *Er is gewoon geen lol aan zonder jou, Vin. Ik weet niet hoe ik dit moet volhouden.* Even heeft ze het idee dat haar lichaam reageert, alsof Vincent haar iets duidelijk wil maken. Maar misschien draait ze wel langzaam door. In elk geval helpt het haar door in gedachten tegen hem te blijven praten, alsof hij daardoor nog ergens rondhangt.

Girard parkeert de auto en opent galant de deur voor Silvia. Een goeie vent; dat moet ze Lauren nog maar eens influisteren als ze de kans krijgt. De bui barst nu los, en ze rennen door de regen naar de voordeur. Eenmaal binnen doorbreekt Lauren de stilte.

'Ik wil zo de politie even bellen om ze te vertellen over Mia. Haar verhaal weerspreekt de beweringen van hun getuige volledig. Ik acht je tot veel in staat, Silvia, maar niet dat je op twee plekken tegelijk kunt zijn.'
'Goed idee, maar ik vraag me wel af aan welke getuige ze de meeste waarde hechten. Je hebt gemerkt hoe stellig en overtuigd ze waren van hun eigen verzonnen verhaal.'
'Verzonnen ja, en daarom gaat Mia's verklaring daar gaten in schieten.'
Silvia haalt aarzelend haar schouders op.
'Wat ben je somber, Sil. We gaan dit echt tackelen, hoor. Het is ook gelukt om na twaalf jaar de echte moordenaar van mijn zus alsnog achter de tralies te krijgen, en nu gaat het lukken om jouw naam te zuiveren. We gaan je helpen, Sil, je staat er niet alleen voor. Vertrouw ons een beetje.'
'Jij en Girard behoren tot de weinige mensen die ik op dit moment vertrouw, daar ligt het niet aan, maar jullie kunnen ook geen ijzer met handen breken als de politie de pik op me blijft hebben.'
'We gáán ijzer met handen breken! Weet je wat daar heel goed bij zou helpen? Een kop sterke koffie. Volgens mij kunnen we allemaal wel een oppepper gebruiken, om daarna weer aan de slag te kunnen.'
'Oké, oké...' Silvia glimlacht. 'Ik ben al onderweg naar de keuken. Ik denk dat ik daar ook even wacht tot je klaar bent met bellen, als je dat goed vindt tenminste. Als ik dat gesprek hoor, vind ik het lastig om mijn mond te houden, en dat kan alleen maar tegen ons werken.'
'Goed idee, dan ga ik nu even bellen en praat ik je daarna bij onder het genot van die kop koffie.'
Silvia verdwijnt met knikkende knieën de keuken in en zet de radio op de keukenkast aan, zodat ze zich kan afsluiten. Met haar handen leunend op het aanrecht blijft ze even staan voordat ze koffie gaat zetten. Het onrustige gevoel in haar

buik wordt met de minuut erger. Als er tien minuten verstreken zijn, houdt ze het niet meer. Waarom duurt het zo lang? Is dat een goed teken of juist een slecht? De geur van de verse koffie maakt haar misselijk. Na nog eens tien minuten wachten houdt ze het niet meer vol. Ze moet íéts weten. Op het moment dat ze naar de deur loopt die naar de woonkamer leidt, zwaait hij open. Ze krijgt hem bijna in haar gezicht. Geschrokken springt ze opzij en de tranen springen in haar ogen.

'O god, heb ik je geraakt?' vraagt Lauren bezorgd.

'Nee, het is oké. De spanning wordt me even te veel. Wat zeiden ze? Wie had je aan de lijn?'

'Ik heb Versteeg gesproken en ik denk dat je even rustig moet gaan zitten.'

Silvia slaat een hand voor haar mond en laat hem dan weer zakken. 'Slecht nieuws?'

'In elk geval niet het nieuws waarop ik had gehoopt.'

'Wat dan?'

'Ga nou eerst maar even zitten. Even goed ademhalen.'

Girard komt nu ook de keuken in lopen en begint zwijgend de koffiemokken vol te schenken die Silvia al klaar had gezet op het aanrecht. Als ze alle drie om de tafel zitten en hun handen om de dampende mokken heen hebben geslagen, begint Lauren met haar verslag van haar gesprek met Versteeg. 'Vincents lichaam is vanochtend voor dag en dauw opgegraven en ze hebben flink haast gemaakt met het onderzoek. Het definitieve rapport is nog niet binnen, maar uit de eerste bevindingen blijkt dat Vincents dood waarschijnlijk toch geen ongeluk is geweest. De wond die hij op zijn achterhoofd heeft, lijkt niet door zijn val in het ravijn te zijn veroorzaakt, maar door een klap met een onbekend voorwerp.'

Silvia wordt nu nog misselijker. 'Dat… dat betekent dus dat iemand hem heeft vermoord.' Ze laat haar hoofd in haar handen rusten. 'Wie dan? Wie heeft hem van me afgenomen?'

'Ik vrees dat het nog erger wordt, Sil. Op het achterhoofd van Elsa Fischer is óók een flinke wond aangetroffen. De politie is er nu nog meer van overtuigd dat de dood van Vincent en die van Elsa met elkaar te maken hebben en dat ze door dezelfde persoon zijn aangevallen.'
'Ze denken toch niet nog steeds dat ik er iets mee te maken heb? Dat ik op twee mensen heb ingeslagen? Op mijn eigen man en...' Wanhopig schudt ze haar hoofd.
'Het spoor waar de politie nu op zit, is dat Remco de klappen heeft uitgedeeld in samenspraak met jou.'
'Bullshit! Ongelooflijk! Ze zijn knettergek!' Silvia slaat een paar keer met haar vlakke handen op de tafel en Lauren laat haar even uitrazen voordat ze verdergaat. 'Dezelfde getuige die beweert dat hij jou bij het ravijn ruzie heeft zien maken met Vincent, zegt ook dat hij Remco in de omgeving heeft gezien.'
'Maar ik ben daar helemaal niet geweest. Het is één grote leugen. De politie wordt op een dwaalspoor gezet om mij erin te luizen! We moeten zo snel mogelijk met Mia naar de politie. Zij kan aantonen dat die zogenaamde getuige liegt. Heb je over Mia verteld?'
'Mia moet beslist een verklaring afleggen bij de politie, maar ik weet niet of we er dan al zijn.'
'Hoe bedoel je?'
Na een korte stilte gaat Lauren verder. 'Die getuige blijkt in elk geval ergens gelijk in te hebben. Remco was inderdaad in de omgeving toen jij en Vincent er waren. Op de dag dat Vincent overleed, is hij hier bij jullie huis gezien.'
'Maar dat is ook gelogen! Ik had al maanden geen contact meer met Remco. Je moet me geloven, Lauren, alsjeblieft.'
'Remco heeft het zelf bij de politie verklaard. Hij heeft toegegeven dat hij hier is geweest. Er is geen enkele reden voor hem om dat te zeggen als het niet zo is. Bovendien heeft de politie hem flink onder druk moeten zetten om het uit hem te krijgen.'

'Heeft hij dan ook bekend dat hij Vincent heeft vermoord?'
'Nee. Hij zegt zelf dat hij jou was gevolgd naar Titisee-Neustadt in de hoop dat hij je alleen zou kunnen spreken. Hij wilde zich er niet bij neerleggen dat het over was tussen jullie.'
'Hij was me dus aan het stalken?'
'Zo zal hij het zelf niet zien. Blijkbaar wilde hij je laten zien hoe graag hij het goed wilde maken. Toen hij Vincent die dag zag wegfietsen, wilde hij je aanspreken, maar hij besefte net op tijd dat je je kapot zou schrikken als hij ineens uit de bosjes tevoorschijn zou komen. En dat zou zijn kans om weer samen te komen niet per se vergroten.'
'Nou, dat had hij dan goed ingeschat.'
'Toen jij later weer naar buiten kwam, keek je zo zorgelijk dat hij besloot om je op dat moment met rust te laten en het de dag erna nog eens te proberen. Ook dat heeft hij niet gedaan, omdat hij in het dorp had gehoord van Vincents dood en hij steeds politie bij je huis zag. Hij is toen meteen naar Nederland vertrokken met het plan je daar over een paar weken op te zoeken. Toen hij de rouwadvertentie in de krant zag staan, besloot hij naar Vincents uitvaart te gaan.'
'Want hij vond een begrafenis een geschikte plek om iemand terug te krijgen? Wat een ongelofelijke egoïstische zak is het toch ook.'
'Daar hebben we nu helaas niet zoveel aan. Feit is wel dat zijn gescharrel hier rond het huis perfect past in het verhaal waar de politie aan vasthoudt, namelijk dat jij en Remco onder één hoedje speelden en op Vincents geld uit waren. Aangezien die getuige Remco dus echt heeft gezien, hecht de politie ook sterk aan de bewering die over jou wordt gedaan. Op dat punt is het dus Remco's woord tegen dat van Mia. Het lijkt erop dat we met deze nieuwe ontwikkelingen in elk geval op achterstand staan.'
'Zit Remco nu vast?'
'Totdat het officiële rapport van de gerechtelijke sectie bin-

nen is, wordt hij niet als officiële verdachte aangemerkt, en jij ook niet. Ze hebben Remco uiteindelijk laten gaan, maar hem alvast gewaarschuwd dat het niet voor lang zal zijn.'

'En wat betekent dit allemaal voor mij?'

'Ga er maar van uit dat ze van plan zijn je te arresteren op verdenking van medeplichtigheid aan moord of doodslag. Wat het uiteindelijk wordt staat nog niet vast, maar ik vermoed dat ze in eerste instantie voor moord zullen gaan. Volgens hen hebben jij en Remco samen besloten dat Vincent dood moest, zodat jullie ervandoor konden gaan met zijn geld. Ze gaan ervan uit dat jullie de aanval die hem fataal werd zorgvuldig hebben gepland.'

'Dit kan niet echt gebeuren.' Silvia is zo geschokt door alles wat Lauren vertelt dat ze nog niet beseft wat het allemaal concreet betekent.

'Naar de dood van Elsa Fischer wordt nog verder onderzoek gedaan door de Duitse politie, maar vooralsnog lijkt het erop dat ook zij het verhaal dat Elsa Vincents minnares was niet onwaarschijnlijk vinden. Elsa verstoorde de plannen van jou en Remco. Doordat Vincent en Elsa allebei een verwonding op hun achterhoofd hadden, kunnen ze niet om die gedachte heen.'

'Dus ze willen mij en Remco ook de dood van Elsa nog in de maag splitsen, begrijp ik dat goed?'

'Daar lijkt het wel op. Ik vermoed dat ze in haar geval gaan inzetten op doodslag en niet op moord. Elsa had een heimelijk afspraakje met Vincent waar jullie niet van op de hoogte waren, maar toen ze daar opdook, heeft Remco haar ook een klap gegeven omdat ze getuige was van de moord op Vincent.'

Silvia slaakt een gil. Ze kan zoveel onrecht niet verdragen en kijkt Lauren vijandig aan. Girard verschuift op zijn stoel en staat op het punt om iets te zeggen, maar Lauren houdt hem tegen door een hand op zijn arm te leggen. *'Don't shoot the messenger,* Sil. Ik geloof nog steeds dat je onschuldig bent, echt. Ik vind het verschrikkelijk wat je moet doormaken, maar ik probeer je zo goed mogelijk uit te leggen wat ik te weten ben gekomen. Je moet weten waar de politie op dit moment van uitgaat. In de praktijk komt het erop neer dat we nog maar weinig tijd hebben om een tegenoffensief voor te bereiden. Ik schat dat ze je over een paar dagen komen arresteren. Voor die tijd moet je terug zijn in Nederland. Als het tot een zaak komt, zal Duitsland uiteindelijk om je uitlevering vragen en dat waarschijnlijk ook wel voor elkaar krijgen, maar dan heb je je voorarrest in elk geval in eigen land uitgezeten.'

'Dus je denkt echt dat ik de bak in draai?'

'Dat moeten we zien te voorkomen. Maar als we geen concreet bewijs kunnen verzamelen, is dat wel iets om rekening mee te houden, ja.' Lauren pakt Silvia's hand. 'Ik begrijp dat je er compleet moedeloos van wordt, Sil, maar de strijd is nog niet verloren. We geven niet zomaar op. We weten nu precies in welke richting de politie bewijs verzamelt. Alles wat ik je net heb verteld is onofficieel en had nog helemaal niet met mij gedeeld mogen worden.'

Ondertussen kijkt Girard vooral bezorgd naar Silvia. Als ze er net zo uitgeblust uitziet als dat ze zich voelt, kan ze hem geen ongelijk geven. 'Maar hoe kan het dan dat je dit toch allemaal weet?'

'Zoals je helaas zelf hebt moeten ondervinden, nemen die twee agenten het niet zo nauw met de regels, en laat ik nu net hun baas goed kennen. Die troef wilde ik nog even achter de hand houden, maar dit bleek hét moment om de heren duidelijk te maken welke kant hun carrière op zou kunnen gaan als ik hiermee naar de korpschef zou stappen. Afijn, toen wilden ze wel vertellen hoe het er nu voor staat.'

'Wauw.' Vol bewondering staart Silvia haar aan.

'Girard en ik hebben net al even overlegd, en Girard wil morgen op de fiets de route gaan rijden die Vincent heeft afgelegd. Dan gaat hij het ravijn waarin Vincent en Elsa Fischer zijn gevonden nader bestuderen. We lopen straks even naar het dorp om een mountainbike te huren en wat inkopen te doen voor het avondeten. Het lijkt ons verstandig als jij je gezicht niet in het dorp laat zien. We moeten voorkomen dat de Duitse politie er lucht van krijgt dat je hier bent, zodat ze straks alsnog op de stoep staan om je mee te nemen. Mocht de bel gaan als wij op pad zijn, doe dan vooral niet open. Wij nemen een sleutel mee en zullen je sowieso laten weten wanneer we weer terug zijn.'

Silvia weet dat Lauren gelijk heeft en kan niet anders dan hiermee instemmen. Ze vindt het helemaal niet fijn om hier lang alleen te zijn. Misschien moet ze toch zo'n oxazepammetje van Vincent nemen. Sowieso gaat ze haar bed in. Als ze slaapt hoeft ze tenminste niet na te denken, en als dat spul haar helpt om even volledig van de wereld te zijn, dan is dat mooi meegenomen. Ineens schiet haar iets te binnen. 'Hoe zit het eigenlijk met Sebastiaan en Jeroen? Die zijn toch ook ondervraagd?'

'Daar is vooralsnog niet veel uitgekomen. Ze hebben beiden toegegeven dat ze niet blij waren dat Vincent alles aan jou heeft nagelaten, maar zeggen ook dat ze hem met geen vinger hebben aangeraakt. Sebastiaan heeft wel toegegeven dat hij met jou in een zakelijk conflict is verwikkeld, omdat je een belangrijke deal blokkeert waar hij samen met Vincent hard aan heeft gewerkt.'

'Heeft hij ook gezegd dat Vincent die deal zelf niet door wilde laten gaan en dat ze daar op de dag van zijn dood nog aan de telefoon over hebben lopen ruziën?'

'Voor zover ik weet niet. Ik kreeg de indruk dat de politie niet echt goed heeft doorgevraagd tijdens de gesprekken met Jeroen en Sebastiaan, omdat ze jou en Remco nou eenmaal als de aannemelijkste verdachten zien.'

'Maar dat neemt toch niet weg dat ze hun onderzoek fatsoenlijk moeten uitvoeren?' roept Silvia verontwaardigd uit.

'Hoe vaak blijkt wel niet dat er toch iets anders aan de hand is dan in eerste instantie wordt gedacht?'

'Tja, vertel mij wat, maar dit is nu de situatie. Als ze jou en Remco officieel in staat van beschuldiging hebben gesteld, dan gaan we er met gestrekt been in. Dat beloof ik je,' zegt Lauren in een poging haar gerust te stellen.

Silvia schudt vol ongeloof haar hoofd. 'Het spijt me, Lauren, ik waardeer je poging om de moed erin te houden, maar ik zie het even niet meer zitten. Het voelt allemaal zo kansloos. De politie heeft zich vanaf het begin al tegen me gekeerd, en die smerige praat in *De Telegraaf* heeft iedereen tegen me opgezet. Hoe gaan we dat oplossen?'

Door de stilte die hierop volgt, vreest Silvia het ergste. Als ze eerst Lauren en dan Girard aankijkt, ontbreekt bij hen beiden de geruststelling dat het goed zal komen. Stel dat ze nadat ze Vin heeft moeten verliezen straks ook nog haar vrijheid kwijt is?

21

'Zal ik jullie echt niet een stukje op weg helpen?' vraagt Silvia, als Lauren en Girard op het punt staan om naar het dorp te wandelen. 'Het centrum is autovrij, maar ik kan jullie aan de rand afzetten en daar op jullie wachten...'
Girard kijkt een beetje angstig als Silvia een blik op zijn autosleutels werpt.
'Lief aangeboden, maar we hebben de afgelopen dagen al zoveel in de auto gezeten dat we wel toe zijn aan een wandeling,' antwoordt Lauren. 'Bovendien lijkt het me nog steeds het beste als jij binnenblijft. Je bent bekend, Silvia, en we kunnen niet het risico nemen dat iemand je herkent en de politie waarschuwt.'
'Oké, het was maar een ideetje om jullie een beetje te ontlasten. Ik voel me al zo bezwaard dat ik jullie hiernaartoe heb meegesleept.'
'Het was onze eigen keuze om met je mee te gaan, dus daar hoef je je niet druk om te maken. Probeer anders even wat te slapen als wij weg zijn. Elk uurtje dat je kunt pakken is meegenomen. Het is behoorlijk zwaar allemaal en volgens mij ben je gesloopt.'
'Dat ga ik doen, ja,' zegt Silvia, en ze gaapt. Alleen al bij de gedachte aan haar bed voelt haar lijf loodzwaar van vermoeidheid.
'Kruip er vast lekker in, joh, wij redden ons wel,' zegt Lauren met een glimlach.
Silvia schuift haar stoel naar achteren en knikt. 'Vergeten jullie niet om de deur op slot te doen?'

'Hé, je hebt het wel tegen een rechercheur en een hulpofficier. Hup, wegwezen jij.'

In een slakkentempo loopt Silvia naar boven. Het idee dat Lauren en Girard straks weg zijn, bezorgt haar een onaangenaam gevoel. Hun gezelschap doet haar goed. Girard is niet heel praterig, maar dat heeft voornamelijk te maken met de taalbarrière. Ze merkt dat hij en Lauren hun best doen om niet te veel samen te smoezen. Vast en zeker om niet nog meer te benadrukken dat ze sinds de dood van Vincent alleen is. Maar de heimelijke blikken tussen de twee ontgaan haar niet. Misschien moet ze vanavond tijdens het eten zeggen dat ze geen enkele moeite heeft met hun opbloeiende liefde, maar het juist heel fijn vindt om hen zo te zien. Op de een of andere manier geeft het haar hoop en vult het haar eigen leegte een beetje op.

Silvia hoort Lauren en Girard zachtjes lachen in de gang en niet veel later hoort ze de voordeur dichtslaan en de sleutel ronddraaien in het slot. Ze loopt naar het raam om hen na te kijken. Ze lopen hand in hand en Lauren legt haar hoofd even liefkozend tegen Girards schouder. Pas als ze helemaal uit beeld zijn, loopt Silvia weer naar beneden. Ze wil alle ramen en deuren voor de zekerheid controleren. Sinds de aanval en bedreiging van die onbekende man heeft ze het gevoel dat ze de hele tijd achterom moet kijken. In de nabijheid van Lauren en Girard voelt ze zich veilig, maar nu ze alleen is… Stel dat die man het niet bij die ene poging laat?

Ze loopt het hele huis door en controleert elk slot twee keer. Als ze in het gedeelte komt waar Lauren en Girard slapen, ziet ze dat de deuren van hun kamers op een kier staan. Glimlachend constateert ze dat het bed in Laurens kamer is beslapen, maar dat van Girard niet. Dan had ze vanochtend goed aangevoeld dat de sfeer tussen die twee veranderd was. In één oogopslag ziet ze dat de ramen dichtzitten en de sloten vergrendeld zijn. Ze zou zich dus gewoon veilig moeten voelen, maar er trekt een vlaag van kippenvel over haar lichaam. Opeens lijkt haar bed in kruipen met een kalmeringspil geen goed idee meer. Het gevoel dat ze alert moet blijven overheerst. Misschien neemt ze er vanavond voor het slapengaan eentje in, als ze weer gerustgesteld is door de aanwezigheid van Lauren en Girard.

Buiten is de lucht helemaal opgeklaard en is de zon volop doorgebroken. Door die zomerse aanblik voelt ze zich iets rustiger. Ze drinkt een glas water in de keuken om de koffiesmaak weg te spoelen en loopt weer naar boven. Met een plof laat ze zich achterover op bed vallen en blijft zo liggen, met haar ogen gesloten. Ze draait op haar zij en doezelt langzaam een beetje weg, tot een plotseling geluid haar overeind doet schieten. Wat is dat? Ze houdt haar adem in en spitst haar oren. Daar hoort ze het weer. Het lijkt wel of er aan de klink van de voordeur wordt gerammeld. Ze sluipt naar het raam en kijkt naar buiten. In de omgeving is niemand te zien. Ze laat haar opgetrokken schouders weer wat zakken, draait zich om en loopt terug naar het bed. Als ze op de rand zit en op het punt staat om weer te gaan liggen, hoort ze opnieuw een geluid. Deze keer lijkt het zich te hebben verplaatst naar de achterdeur. Het houdt ook iets langer aan dan daarnet. Moet ze hier blijven of naar beneden gaan om te kijken? Durft ze dat?

Er klinkt een schuivend geluid bij de achterdeur. Alsof de plantenpotten die daar staan worden verschoven. Gelukkig heeft ze de reservesleutel die daar lag weggehaald nu Vincent die niet meer nodig heeft. Ze springt op en gilt als het doordringende geluid van de deurbel door het huis schalt. Met een paar diepe ademhalingen probeert ze zichzelf weer onder controle te krijgen. *Iemand met kwade bedoelingen zou niet aanbellen. Kom op, gewoon gaan kijken.* Ze is halverwege de trap als de bel voor de tweede keer gaat. Ze rent het laatste stukje en vraagt door de deur heen wie daar is.

'Der Axel, von Blumenladen Der Krokus.'

Na enige twijfel haalt Silvia met trillende handen de deur van het slot, en ze doet open. Ze begroet de bezorger van haar favoriete bloemenwinkel zo normaal mogelijk: 'Hallo, Axel.' Haar stem klinkt nog een beetje onvast, maar ze denkt niet dat Axel het merkt.

Met een ernstig gezicht overhandigt hij haar een prachtige kleurrijke bos bloemen. 'Namens mij en de meiden. Het gerucht ging dat je weer even in de buurt bent en we willen je graag een hart onder de riem steken. Het zal wel stil zijn in huis.' Hij lacht ongemakkelijk, terwijl Silvia haar neus in het boeket steekt en de zoete geuren opsnuift.

'Wat ontzettend lief van jullie, Axel, ik kan inderdaad wel een beetje kleur gebruiken.' Terwijl ze naar hem lacht, voelt ze de onrust terugkeren. Als Axel weet dat ze hier is, wie dan nog meer? Stel dat de politie ook al op de hoogte is? Ze had naar Lauren moeten luisteren en die bel negeren en doen alsof ze er niet was. 'Van wie hoorde je trouwens dat ik hier ben?' vraagt ze zo nonchalant mogelijk.

'Mia Franke. Ze kwam een bosje bloemen kopen en natuurlijk hadden we het even over... eh... de gebeurtenis, zal ik maar zeggen. Ze vertelde dat je er goed uitzag voor wat je had meegemaakt en dat ze je in het Badeparadies was tegengekomen vanochtend. Nou, zo dus. Je vindt het toch niet vervelend dat ik opeens bij je op de stoep sta?'

'Natuurlijk niet, Axel. Ontzettend lief dat jullie me op deze manier steunen. Je komt precies op het goede moment.'

'O, gelukkig maar.' Axel staat met zijn handen op zijn rug ongemakkelijk heen en weer te wippen. 'Nou, dan ga ik maar weer eens.'

'Axel, misschien kun je een beetje stilhouden dat ik hier ben en dat we elkaar gesproken hebben? Ik heb nu vooral de behoefte om in alle rust het verlies van Vincent te verwerken.'

'Ja, ja, natuurlijk, van mij zal niemand iets horen. Veel sterkte dan maar, en we hopen je snel weer eens in de winkel te zien. Erika heeft net weer een opfriscursus bloemschikken gedaan en haar boeketten en bloemstukken zijn mooier dan ooit.'

'Heel erg bedankt. Tot snel, Axel.'

Hij knikt nog eens en maakt zich dan uit de voeten. Silvia sluit de deur met een zachte klik en ruikt opnieuw aan de bloemen. Terwijl ze dacht dat er een insluiper rond haar huis scharrelde, was het Axel met zijn goede bedoelingen. Ze begint blijkbaar echt spoken te zien. Met een opgeluchte glimlach op haar gezicht pakt ze de grootste vaas die ze heeft en zet de bos bloemen erin. Normaal deed ze dat elke week, maar het is er sinds de dood van Vincent bij ingeschoten. Het voelt goed om even een routineklusje te doen. Als ze een nieuwe steel pakt, dringt er een doorn haar huid binnen. Een druppeltje bloed welt op uit de top van haar rechterwijsvinger en ze stopt haar vinger tevreden in haar mond. Dat prikje brengt haar terug bij Vincent. Hij was dol op het nummer 'Every Rose Has Its Thorn' van Poison. Talloze malen heeft hij het in haar gezelschap opgezet. 'Ik mis jou ook, Vinnie,' fluistert ze. Met de volle vaas loopt ze van de keuken naar de woonkamer. Ze zet de bloemen op het stuk van de grote eettafel waar de zon recht op schijnt. Voldaan aanschouwt ze het eindresultaat.

Omdat er van slapen toch niets meer komt, pakt ze een glas koude frisdrank en loopt door de achterdeur naar het terras. De stoelen en zonnebedden zijn na de regenbui van vanochtend alweer helemaal gedroogd. Ze zet haar glas op de grond en pakt een kussen voor het ligbed, dat pal in de zon staat. Haar vermoeide lijf zakt weg in de aangenaam dikke stof en ze lijkt zelfs iets van ontspanning in haar gestreste lijf te voelen. De zon verwarmt haar verkrampte spieren en bleke wangen. Kon ze dit moment maar vasthouden tot alle ellende achter de rug is. Na een paar minuten opent ze haar ogen en neemt een paar slokken cola. De suikers geven haar een kick en als ze haar glas halfleeg heeft gedronken, gaat ze wat meer rechtop zitten. Het valt haar nu pas op dat er een enorme barst in de plantenpot zit die naast de achterdeur staat. Een scheur waarvan ze zeker weet dat die er nog niet zat. Kan dat het geluid verklaren dat ze eerder hoorde? Ze loopt naar de pot toe en ziet dat hij ook wat verschoven is. Rechts ernaast is een zanderig spoor te zien. Dat zulke potten soms spontaan barsten onder invloed van het weer wil ze nog wel geloven, maar ze kunnen niet zomaar uit zichzelf opzijschuiven. Zij heeft die pot niet aangeraakt en ze kan niet bedenken waarom Lauren en Girard dat wel zouden hebben gedaan. Maar wie dan wel? De stress die even leek weg te ebben is meteen terug. Hoewel de tuin er volledig leeg en vreedzaam uitziet, gaat ze toch naar binnen en draait de deur vlug achter zich op slot.

22

De avondschemering heeft ingezet en Silvia zit samen met Lauren en Girard buiten met een afzakkertje en wat nootjes. Ze zijn alle drie in hun eigen gedachten verzonken. Om hen heen klinkt het gezoem van een mug. Het silhouet van de Hoch steekt indrukwekkend af tegen de oranje gekleurde avondlucht. Silvia walst haar rode wijn rond in het glas voordat ze met een peinzend gezicht een slok neemt. Ze heeft Lauren en Girard niets verteld over de verschoven en gebarsten plantenpot; ze wil niet paranoïde overkomen. Het is prettiger om gewoon tegenover zichzelf vol te houden dat ze het zich heeft verbeeld. Ze dacht in eerste instantie immers ook geheel onterecht dat Axel van de bloemenwinkel een insluiper was die rond haar huis scharrelde. Ze hoopt dat de wijn de scherpe randjes van de afgelopen dag haalt, zodat ze over een uurtje rustig kan gaan slapen.

Haar telefoon geeft een pingel en met een geërgerd gezicht pakt ze hem op. Voordat ze het appje opent dat ze zojuist heeft ontvangen, zet ze het geluid op stil. Het bericht is van Sebastiaan. *Ik wil mijn aandelen aan je verkopen, Silvia. Ik accepteer het bod dat je me laatst deed. Ik heb mijn advocaat gevraagd het met de jouwe te regelen. Groet, Sebastiaan.*

'Goed of slecht bericht?' vraagt Lauren.

'Eh, goed denk ik, maar ik kan het eigenlijk niet geloven. Sebastiaan wil uit V-Suit stappen en biedt mij zijn aandelen aan.'

'Wauw, waar komt die ommezwaai ineens vandaan? Zou hij bang zijn geworden van zijn gesprekje met de politie?'

'Misschien... Hij zegt er niks over, en ik heb geen flauw idee. Hij had gezworen dat hij zijn aandelen als het erop aankwam aan Diego zou verkopen en hoe dan ook niet aan mij.'

'Misschien hoopt hij hiermee te voorkomen dat de politie toch dieper gaat graven in het conflict dat hij met Vincent had over de mogelijke deal met Diego. Als hij zijn aandelen van de hand doet en uit de directie van V-Suit stapt, dan is het minder aannemelijk dat hij een motief had om Vincent uit de weg te laten ruimen. Want waarom zo'n drastische maatregel als je je terugtrekt uit het bedrijf? Hij kan natuurlijk een prachtig verhaal ophangen dat V-Suit voor hem niet meer hetzelfde is zonder Vincent en dat jij en hij daarom in goed overleg uit elkaar zijn gegaan.'

Silvia knikt instemmend. 'Ik kan wel uittekenen hoe dat gaat. Waarschijnlijk komt hij aan met dat hij al langer iets nieuws wilde beginnen en dat Vins dood die plannen in een versnelling heeft gezet. Dat zal vast ook het bericht naar buiten toe worden. Hij zal de man die rouwt om zijn zakenpartner en vriend uithangen. De nobele man die zonder hem niet verder kan en wil met het bedrijf, bladiebla.'

'Daar zou je weleens gelijk in kunnen hebben.' Lauren neemt een slok wijn voordat ze verdergaat. 'Wat ga je doen? Ga je in op zijn aanbod nu hij daarmee zijn straatje lijkt te willen schoonvegen?'

'Ik zal wel moeten. Als ik die aandelen niet koop, dan biedt hij ze aan Diego aan. En als dat gebeurt, dan ben ik V-Suit voorgoed kwijt. Ik zou niet met mezelf kunnen leven als ik het zover laat komen. V-Suit is een stukje Vin dat ik nooit uit handen zal geven. Als ik alle aandelen in mijn bezit heb, dan heeft Diego geen schijn van kans meer met zijn deal. Dat geldt trouwens ook voor eventuele toekomstige aasgieren. Dus hoezeer het me ook tegenstaat om Sebastiaan op deze manier te helpen, ik ga het wel doen. Ik zal hem straks laten weten dat wat mij betreft alles zo snel mogelijk in gang kan worden gezet en dat ik zal ondertekenen zodra ik weer "beter" ben.'

'O ja, dat is waar ook, bij V-Suit denken ze dat je thuis ziek in bed ligt.'

'Misschien kan er iets worden opgesteld wat ik digitaal kan ondertekenen om het proces te versnellen. Ik denk dat ik voor deze zakelijke afhandeling het best Lingen om advies kan vragen, die hielp Vincent ook altijd. Denk je ook niet?'

Lauren knikt instemmend. Ze schakelt vervolgens over naar het Frans, zodat Girard ook op de hoogte is. Ook hij denkt dat Sebastiaan van zijn aandelen af wil om een eventuele verdenking voorgoed de kop in te drukken. Beiden zijn wel van mening dat Silvia op het aanbod in moet gaan, want het alternatieve scenario waarin Sebastiaan zijn aandelen aan Diego verpatst is absoluut niet wenselijk.

'Ik ga vast naar boven, jongelui,' zegt Silvia met een knipoog. Ze wil Lauren en Girard op deze mooie zomeravond graag wat qualitytime gunnen.

'Nergens voor nodig hoor, Sil. We vinden het hartstikke gezellig als je nog even bij ons blijft zitten.'

'Dat is fijn om te horen, maar ik wil even goed nadenken over mijn reactie aan Sebas. Ik wil dit zo goed mogelijk afhandelen.'

'En daar kunnen wij je bij helpen, hè.'

'Heel lief van je, maar ik heb het gevoel dat ik deze stap zelf moet zetten. Ook om voor mezelf iets af te ronden. Dat ben ik Vin verschuldigd.'

'Ja, dat kan ik me voorstellen. Drink dan eerst even je wijntje op.'

'Dat wijntje smaakt boven net zo lekker. Genieten jullie maar even van elkaar en van deze zwoele avond.' Silvia knipoogt glimlachend en vertrekt met haar halfvolle glas naar binnen.

23

Vanuit de keuken klinkt gerommel als Silvia naar beneden loopt. Het is iets voor achten en de geur van vers gezette koffie dringt haar neus binnen. Ze is nog een beetje sloom van het halve pilletje dat ze de vorige avond uiteindelijk toch maar heeft genomen. Met Lauren en Girard in de buurt voelde ze zich veilig genoeg om haar voortdurende alertheid even op een iets lager pitje te zetten. De deur naar de keuken staat op een kier, en als ze hem verder openduwt ziet ze Lauren bij het aanrecht staan. Girard staat achter haar en heeft zijn armen om haar heen geslagen, terwijl hij haar kusjes in haar nek geeft. Zodra hij doorheeft dat Silvia met een glimlach op haar gezicht naar hen kijkt, laat Girard haar oude buurmeisje met een betrapt gezicht los. Hij stamelt met een rood hoofd een verontschuldiging en het ziet er zo aandoenlijk uit dat Lauren en Silvia beiden in de lach schieten. 'Trek je van mij niets aan, Girard, ik weet hoe verliefdheid werkt,' zegt Silvia geruststellend tegen hem als ze is uitgelachen. 'Ik ben alleen maar heel blij voor jullie.'

'Maar even serieus, Sil,' begint Lauren. 'Vind je het niet moeilijk om ons zo te zien, terwijl jij Vincent zo mist?'

'Nee. Integendeel zelfs. Ik vind het veel moeilijker en ongemakkelijker als jullie je voor mij gaan inhouden. Ik heb mijn liefdevolste jaren achter me, want niks zal zonder Vin nog hetzelfde zijn, maar voor jullie ligt alles nog open. Dat vind ik heel mooi en hoopvol om te zien. Het is een geruststellend idee dat het leven en de liefde gewoon doorgaan. Ik hoop op een gegeven moment weer volop mee te kunnen doen.'

'Dat heeft tijd nodig. Gun jezelf die tijd en probeer geen dingen te forceren,' adviseert Lauren haar. Silvia knikt en loopt naar de oven die begint te piepen. Als ze de klep opendoet, is de geur van verse kaiserbroodjes overweldigend. Het veroorzaakt zowel een verlangend gerommel in haar maag als een gevoel van gemis. Ze zal de geur nooit los kunnen zien van alle knusse ontbijtjes die ze hier in de loop der jaren met Vincent heeft gehad. Ze pakt de broodjes met een broodtang uit de oven en legt ze in het daarvoor bestemde mandje. Samen met Lauren en Girard dekt ze de tafel in de woonkamer.

'Wat is het hier toch prachtig, Sil,' verzucht Lauren als ze door de grote glazen gevel uitkijkt over het kleurrijke landschap.

'Ik overweeg om hier permanent te gaan wonen,' zegt Silvia, waarmee ze voor het eerst die gedachte hardop uitspreekt.

'Als ik de mogelijkheid had, dan zou ik hetzelfde doen. Deze omgeving biedt zoveel rust. En de privacy komt je denk ik ook wel goed uit, hè?'

'Ja, nogal. Ik wil nu zo min mogelijk in de belangstelling staan en gewoon tijd voor mezelf hebben om alles op een rijtje te zetten. Nederland beklemt me en hier heb ik het gevoel dat ik weer adem kan halen. Natuurlijk wordt hier ook geroddeld, maar op de een of andere manier komt het hier minder hard binnen. Als ik niet in het dorp kom, heb ik met niemand iets te maken.'

'Ben je van plan om uiteindelijk helemaal uit Nederland te vertrekken?'

'In principe wil ik het huis in Nederland wel aanhouden. En wie weet keer ik daar wel weer terug als alles wat rustiger is geworden. Het ene moment ben je de waan van de dag, en het volgende moment is iedereen je vergeten, toch?'

'Ik vrees dat je daar wel gelijk in hebt, ja. Maar ben je niet bang dat je vereenzaamt als je hier zit?'

'Gezelschap en drukte kun je opzoeken. Rust en ruimte zijn

een stuk schaarser. Ik heb de ongelooflijke mazzel dat ik zo'n prachtige plek tot mijn beschikking heb en daar sta ik elke dag bij stil.'

'Het is zeker een geluk. Ik heb er bewondering voor, Sil, hoe je het allemaal doet. Ook zonder Vincent vind jij je weg wel, daar ben ik van overtuigd. En natuurlijk zal het niet makkelijk zijn, dat begrijp ik heel goed.'

'Dank je wel Lauren, echt. En makkelijk is het inderdaad niet. Ik denk dat ik nog flink wat te verduren krijg voordat ik echt aan mijn verdriet toe kan komen.'

'En daar gaan wij je mee helpen. Girard gaat zo op de fiets naar de plek waar Vincent en Elsa Fischer zijn gevonden en ik ga eens wat rondvragen in het dorp. Elsa was iemand van hier en er is vast wel iets meer informatie over haar te achterhalen dan we tot nu toe hebben. Dat betekent wel dat je vandaag weer een tijd alleen zult zijn.'

'Daar kan ik maar beter aan wennen,' reageert Silvia droog. 'Het belooft een mooie dag te worden, dus ik denk dat ik lekker met een boek in de tuin ga liggen. Ik kan me niet herinneren wanneer ik dat voor het laatst heb gedaan, terwijl ik lezen heerlijk vind.'

'Heb je een mooi boek op het oog?'

'*Agneta's erfenis*, als ik het me goed herinner. Het wordt vergeleken met die serie over die zeven zussen.'

'Ik ben denk ik de enige in Nederland die die boeken niet heeft gelezen,' zegt Lauren lachend. 'Ik moet toegeven dat ik liever rechtbankthrillers dan zoetsappige romans lees. John Grisham, Scott Turow, Steve Cavanagh, zulke schrijvers.'

'Dat zegt mij dan weer niks. Maar ik hoor er graag meer over tijdens een goed glas wijn als dit allemaal achter de rug is.'

'Ja, dat houden we zeker tegoed. Ik vrees dat Girard en ik er nu allebei vandoor moeten. Je weet dat ik je het liefst zou meenemen, Sil, maar het lijkt me gewoon niet verstandig als je nu in het dorp gaat rondlopen.'

'Nee, dat weet ik ook wel,' verzucht Silvia, 'maar dat wil niet zeggen dat ik er niet ontzettend van baal. Jullie zijn heel druk met het redden van mijn toekomst en ik kan er zelf niets aan bijdragen. Ik voel me zo nutteloos.'
'Je levert de grootste bijdrage door uit het zicht te blijven. Dan kom jij niet voortijdig in de problemen, en kunnen wij ons werk in alle rust doen.'
'Oké, het is niet anders. Ik ga met Agneta en haar erfenis de achtertuin in en zal me koest houden.' Als troost neemt ze een flinke hap van het knapperige broodje.

Met haar handen om een mok dampende koffie gevouwen ploft Silvia neer op het ligbed dat Girard voor zijn vertrek voor haar heeft klaargezet. Ze heeft nu nog een vest aan, maar het belooft later vandaag flink op te warmen. Wat zou ze graag een duik nemen in de Titisee, maar ook dat had Lauren haar met klem afgeraden. Even helemaal op de achtergrond blijven was nu haar uitdaging.
Een zacht briesje kietelt haar huid en blaast een los plukje haar in haar gezicht. Ze sluit haar ogen en probeert de ontspanning terug te vinden die ze al een tijdje kwijt is maar zo hard nodig heeft. Ze luistert naar het ruisen van de bladeren en het fluiten van de vogels. De zon voelt fijn op haar gezicht. Heel even lijken haar problemen plaats te maken voor een sprankje geluk. Als ze met een glimlach op haar gezicht haar ogen opendoet, bevriest die lach onmiddellijk. Haar ademhaling stokt en ze wil gillen, maar er komt geen geluid uit haar mond. Voor haar staat een man met een bivakmuts op. In zijn hand met leren handschoen houdt hij een taser, die dreigend op haar gericht is. 'Dag Silvia, daar ben ik weer.'

24

Hoewel ze zijn gezicht niet kan zien, weet Silvia direct dat het de man is die haar eerder probeerde te wurgen in die steeg. Ze herkent zijn stem, die haar rillingen bezorgt. Automatisch steekt ze haar handen in de lucht, terwijl ze wanhopig en tegen beter weten in om zich heen kijkt of iemand hen kan zien.

'Wat wil je van me?' weet ze met trillende stem uit te brengen.

'Afmaken waar ik de vorige keer bij gestoord werd. Ik heb je gewaarschuwd, en het is niet zo slim dat je niet naar me hebt geluisterd. Je had V-Suit uit handen moeten geven.'

Behalve angst voelt Silvia nu ook een enorme boosheid opkomen. Ze balt haar handen tot vuisten tot haar knokkels wit worden en haar scherpe lange nagels pijnlijk in de huid van haar handpalmen drukken. Wat zou ze graag met die nagels in zijn gezicht krassen. Ze gaat rechtop op haar ligbed zitten en zwaait haar benen naar de zijkant. De man beweegt de taser dreigend in haar richting.

'Wie heeft je op me afgestuurd? Sebastiaan zeker? Wil hij toch nog van me af?'

'Dat doet er niet toe. En vanaf nu hou jij je mond, dat maakt alles makkelijker. Snel en pijnloos, dat beloof ik.'

'Nee! Je moet me vertellen...'

Hij richt zijn taser op haar en het laatste wat Silvia denkt voordat ze een schok in haar hele lijf voelt en opzijvalt is: waar ben je nu, Henk?

In de seconden die volgen en waarin ze totaal weerloos is, draagt de man haar naar binnen en bindt haar vast op een stoel in de keuken, waarna ze het uitgilt. Hij stopt een katoenen prop in haar mond, die hij met een lap stof erover zo strak vastknoopt dat ze het gevoel heeft dat haar mondhoeken scheuren.

De controle over haar lichaam heeft ze inmiddels terug, maar door de naschok en de paniek voelt ze zich nog steeds verlamd. Haar hart klopt onregelmatig en het ademen door haar neus gaat haar niet goed af omdat er iets warms uit loopt. Is ze tijdens haar val ook op haar gezicht terechtgekomen? In haar angstroes kan ze het zich niet herinneren. De man die haar dit heeft aangedaan, staat tegen het aanrecht geleund naar haar te kijken. Zijn ogen lijken dwars door haar heen te boren. Ze probeert tevergeefs iets te roepen en beweegt wild op de stoel heen en weer in een poging om los te komen. De man laat haar even begaan en lacht dan gemeen. 'Ik zou mijn energie maar een beetje sparen, prinses. Ik heb je nog even nodig voordat ik je uit je lijden ga verlossen. Wij gaan samen even een briefje schrijven. Ik dicteer, jij schrijft.'

Om te schrijven moet die vent haar handen losmaken. Dit is haar kans.

Alsof hij haar gedachten kan lezen, voegt hij daar snel aan toe: 'En haal je maar niets in je hoofd. Zodra je ook maar dénkt aan ontsnappen, ga je weer neer.' Hij loopt naar haar toe en Silvia krimpt automatisch ineen. 'Goed zo. Wees maar bang,' zegt hij tevreden, terwijl hij achter haar gaat staan. Voordat hij haar handen losmaakt, duwt hij haar met stoel en al tegen de keukentafel aan. Haar middenrif botst pijnlijk tegen de tafelrand. Daarna trekt hij zo hard aan haar armen dat ze bang is dat haar schouders uit de kom zullen schieten. Silvia slaakt een gesmoorde gil als ze de pijn probeert te verbijten en tranen van opluchting stromen over haar gezicht wanneer de druk op haar polsen en schouders eindelijk afneemt.

'Stel je niet zo aan,' gromt hij.

Ze probeert haar ongecontroleerde gesnik te onderdrukken om hem niet nog bozer te maken. Haar handen legt ze in haar schoot en ze wrijft over haar polsen. De tiewraps hebben bloederige striemen achtergelaten in haar huid, die brandend aanvoelt.

Hij loopt met een boog om haar heen en gaat schuin tegenover haar staan, terwijl hij de taser weer dreigend op haar richt. 'Dit is het plan.' Hij haalt een potje met pillen uit zijn jaszak en rammelt ermee. 'Jij gaat straks een mix aan pillen slikken, maar eerst schrijf je met een beetje hulp van mij een hartverscheurende afscheidsbrief.' Hij duwt een vel papier en een pen naar haar toe. Silvia pakt de pen stevig vast. Als ze het goed aanpakt, kan ze de pen als wapen gebruiken, dat heeft ze vaker gezien in misdaadseries. Ze moet er alleen voor zorgen dat ze dicht genoeg bij haar aanvaller in de buurt komt om hem ermee te kunnen neersteken.

Wanhopig probeert ze iets te zeggen, maar door de prop in haar mond komt ze niet verder dan wat dierlijk gekreun. Ze brengt haar handen naar haar achterhoofd en begint aan de knoop te trekken die de prop in haar mond op zijn plek houdt. Ze is erop bedacht dat ze elk moment weer een stroomschok door haar lijf kan verwachten, maar tot haar verbazing laat de man haar haar gang gaan. Beweginkloos observeert hij haar. Na twee gebroken nagels heeft ze de knoop losgemaakt. De opluchting is groot als ze de prop uit haar mond haalt en een flinke teug lucht naar binnen zuigt. Een restant vezels van de stof plakt aan de binnenkant van haar wangen en op haar tong. Haar keel voelt verstopt. 'Mag ik wat water,' brengt ze hijgend uit. De man loopt achterwaarts naar het aanrecht, zodat hij niet met zijn rug naar haar toe komt te staan, en vult zwijgend een glas. Hij kijkt haar dreigend aan wanneer hij het voor haar op tafel zet en snel weer een stap achteruit doet. De paar seconden waarin ze had kunnen toeslaan zijn voorbij voordat ze er erg in heeft. Ze pakt het glas, neemt een grote slok en spoelt en gorgelt. Ze slikt het water dat vol zit met katoendraadjes niet door, maar spuugt het naast zich op de grond. Hierna richt ze zich tot de man. 'We moeten er toch op een andere manier zien uit te komen. Dit gaat niemand geloven. Ik, zelfmoord?' Ze probeert zo zeker mogelijk te klinken om hem aan het twijfelen te brengen.

'O, reken maar dat er genoeg redenen voor jou zijn om het niet meer aan te kunnen. Wat dacht je van het vooruitzicht van een fikse gevangenisstraf voor de moord op je man? Je zag geen andere uitweg meer, omdat je weet dat je zult moeten boeten voor wat je hebt gedaan.'

'Ben jij soms degene die mij erin probeert te luizen? Werk je samen met Sebastiaan? Je kunt het me net zo goed zeggen, aangezien ik het straks toch niet meer kan navertellen.'

'Ik vertel jou helemaal niets. Je hebt te veel films gezien waarin vlak voor iemands dood de waarheid boven tafel komt. Dat werkt in het echte leven anders, schatje. En nu wil ik dat je braaf opschrijft wat ik je zeg. Je begint me behoorlijk te vervelen. Dit hele gedoe heeft al veel te lang geduurd. Nou, schiet op, of moet ik je nog even aansporen?' Hij zwaait weer dreigend met de taser. Trillend pakt Silvia de pen op.

'Goed. De aanhef is "Lieve Sebastiaan".'

Dus toch. Die klootzak heeft gisteren gelogen over die aandelen, om haar op het verkeerde been te zetten en nu genadeloos toe te slaan. Na Vin is nu zij aan de beurt. Sebastiaan is dus werkelijk tot alles in staat om V-Suit in handen te krijgen.

Silvia schrijft het laatste woord van de brief op. De letters zijn met onvaste hand geschreven, maar goed genoeg leesbaar.

'Schuif het papier naar me toe,' commandeert haar aanvaller, en ze kan niet anders dan doen wat hij van haar vraagt.

Nadat hij de brief heeft weggegrist, zet het hij het potje pillen voor haar neus. Ze probeert te lezen wat er op het etiket staat, maar de man verliest zijn geduld. 'Hup, zo snel mogelijk slikken.'

Ze moet iets bedenken. Wat er precies in het potje zit en hoe lang ze nog heeft als ze begonnen is met de pillen weet ze niet, maar het kan niet hier eindigen. Niet op deze manier. 'Ik kan geen pillen slikken. Dat heb ik nooit gekund. Ze komen altijd weer omhoog.' De tranen lopen over haar wangen.

'Je propt die zooi nu naar binnen, en anders help ik je een handje. Kies maar.' Dreigend komt hij op haar af. Als Silvia hier niet op reageert, grist hij de pot van tafel, draait de dop eraf en schudt een paar pillen in zijn hand. Met geweld wrikt hij haar mond open en propt de pillen erin. Uit wanhoop bijt Silvia hem in zijn hand. Haar tanden zinken diep weg in het dunne leer, maar hij geeft geen kick. Met een harde ruk aan haar haren krijgt hij haar hoofd naar achteren. 'Doorslikken, nu!'

In paniek probeert Silvia de bittere pillen er op de een of andere manier uit te werken, maar zijn gehandschoende hand blijft haar mond afsluiten. De tranen springen in haar ogen als hij nogmaals een flinke ruk aan haar haren geeft en even is ze afgeleid door de pijn. Snel pakt de man het glas water, om vervolgens met kracht haar neus dicht te knijpen. Omdat ze geen lucht meer krijgt, moet ze haar mond wel opendoen. Zodra haar lippen van elkaar gaan, duwt hij met kracht het glas tegen haar mond en giet het water naar binnen. Uit angst om te stikken kan ze niet anders dan de pillen doorslikken om haar keel vrij te maken. De man giet nog even door en laat haar dan ineens los. Hoestend hapt ze naar adem, en ze probeert haar vinger in haar keel te steken. Maar als hij beseft wat ze wil doen, trekt hij haar hand met geweld uit haar mond. Voordat ze het weet heeft hij haar pols aan de armleuning van de stoel vastgebonden. Vliegensvlug bindt hij ook haar andere pols vast. 'Geen geintjes meer nu,' sist hij.

Nu ze weer vastgebonden zit kan ze geen kant meer op. De man vult het glas weer met water en schudt de volgende dosis pillen in zijn hand. Het enige wat Silvia nog voelt is een intens verdriet. Ze wil leven, ook zonder Vincent. En voor hem. Maar ze kan hier niet aan ontsnappen en beseft dat het klaar is.

25

Silvia weet niet hoeveel pillen ze inmiddels al heeft doorgeslikt. Wat heeft ze moeten nemen en hoe lang houdt ze dit nog vol? Hoe snel zal ze buiten bewustzijn raken? Eén ding weet ze in elk geval zeker: ze voelt zich steeds slapper worden en haar gedachten lijken samen te klonteren tot een soort dikke pap. Ze is gestopt met zich te verzetten. Ze had altijd gedacht dat ze redelijk stoer was, maar blijkbaar kun je niet inschatten hoe je in zo'n situatie reageert. Gelukkig hoeft Vin dit niet meer mee te maken. Hij leunde op haar, vertrouwde haar. Zij was de sterkste van hen tweeën, maar nu laat ze het afweten. Door nu op te geven, heeft ze het gevoel dat ze hem ook in de steek laat. 'Sorry, lieverd,' jammert ze. Of ze de woorden daadwerkelijk uitspreekt, heeft ze niet eens meer door.

Plotseling hoort ze ergens een deur dichtslaan. Of begint ze nu ook nog te hallucineren? Haar hoofd voelt extreem zwaar, maar toch weet ze het op te tillen. Ze denkt opnieuw iets te horen, maar pas als ze ziet dat haar belager het ook hoort, weet ze zeker dat ze het zich niet heeft verbeeld. Uit alle macht zet ze het op een krijsen. 'HELP! INDRINGER!' gilt ze voordat ze een keiharde vuistslag tegen haar kaak krijgt. Haar hoofd slaat opzij en ze voelt een tand loskomen. Bloed vult haar mond als het zwart wordt voor haar ogen en er een vlammende pijn door haar hoofd schiet. Alles om haar heen lijkt te vertragen en het enige wat ze hoort is een gonzend geluid in haar oren. *Kom je me weer redden, Henk?* Maar ze ziet geen

Henk verschijnen en het blijft te lang stil. Terwijl haar wanhoop toeneemt, ziet ze haar belager ontspannen. Blijkbaar was er toch niemand aan de deur.

De man loopt weer naar de kraan om het glas voor de derde keer met water te vullen. De dosis die hij haar nu zal toedienen gaat haar fataal worden, dat weet ze zeker. Met die gedachte kijkt ze naar buiten. Ze wil nog één keer die mooie blauwe lucht en dat prachtige landschap zien. Vanuit haar ooghoeken ziet ze iemand voorzichtig door het raam kijken. Ze knippert een paar keer met haar ogen, bang dat het gezichtsbedrog is. Maar er staat echt een vrouw en ze lijkt verdacht veel op Lauren. Een vlaag van hoop gaat door haar heen. Lauren gebaart dat ze vooral niet moet laten merken wat ze zojuist heeft gezien. Haar aanvaller staat immers nog steeds met zijn rug naar het raam en heeft niets in de gaten. Als hij zich omdraait en met het glas water op haar afloopt, is Lauren verdwenen.

Aangespoord door de adrenaline sputtert Silvia met haar laatste kracht tegen als de man haar mond weer openwrikt en er een handje pillen in propt. Ze probeert ze uit te spugen voordat hij water in haar mond kan gieten. Twee pillen weet ze op de grond te mikken, maar er zijn er nog voldoende achtergebleven om haar alsnog het laatste zetje te geven. Inmiddels knijpt hij zo hard in haar neus dat haar neusbeentje elk moment kan breken. *Lauren! Waar blijf je, verdomme!* Het is alsof haar oude buurmeisje haar stille wanhoopskreet hoort. De deur van de keuken vliegt met geweld open en Lauren stormt naar binnen. In haar opgeheven hand heeft ze een klauwhamer die ze uit het schuurtje moet hebben gehaald. Silvia's belager laat haar neus abrupt los. Het glas water valt uit zijn handen als hij zich in verwarring omdraait. Lauren haalt uit en raakt hem vol tegen de zijkant van zijn gezicht. De man gaat neer en de klauwhamer heeft zich dwars door de bivakmuts heen vastgezet in zijn kaakbeen. Hij brult het uit van de pijn. In de tussentijd pakt Lauren zo snel mogelijk een schaar uit de keukenla om Silvia's aan de stoel gebonden polsen te bevrijden. Het lukt haar om één tiewrap los te knippen, terwijl ze vanuit haar ooghoeken de schreeuwende man op de grond in de gaten houdt. 'Hulp is onderweg,' laat ze Silvia weten voordat ze zich vooroverbuigt om haar van de tweede tiewrap te verlossen.

'Lau, kijk uit!' gilt Silvia als ze de man ineens overeind ziet komen. Hij heeft de klauwhamer uit zijn wang weten te wrikken. Zijn bivakmuts is aan de zijkant opengescheurd en laat een fors bloedende wang zien. Ook de punten van de klauwhamer druipen van het bloed. De ogen van de man hebben een duivelse uitdrukking, gevoed door woede en pijn. Hij haalt uit en Lauren kan niet snel genoeg wegduiken. Met een doffe klap landt de hamer op haar achterhoofd, gevolgd door een tweede klap als haar hoofd neerkomt op de tegelvloer. Lauren blijft roerloos liggen en haar gezicht is zo bleek weggetrokken dat Silvia zeker weet dat ze dood is.

Angst en paniek overvallen haar. Ze moet iets doen. In een laatste poging om zichzelf te bevrijden, probeert Silvia de schaar te pakken die Lauren op de grond heeft laten vallen. Haar lijf voelt zo zwaar dat het haar niet lukt om te bukken. Wanhopig zwaait haar hand in het luchtledige, terwijl de mist in haar hoofd steeds dichter wordt en ze uiteindelijk met stoel en al voorovervalt. Dan voelt ze een schop in haar zij, waardoor ze op haar rug komt te liggen. De man torent boven haar uit en heft de hamer. Silvia sluit haar ogen en kan alleen maar hopen dat de pillen haar genoeg verdoofd hebben.

26

De klap die ze verwacht, blijft nog steeds uit en Silvia hoort geluiden om haar heen die ze niet goed thuis kan brengen. Ze kan nu elk moment haar bewustzijn verliezen en het lukt haar nog net om haar ogen deels te openen. In een waas ziet ze twee mannen met elkaar vechten. Wie is die tweede man? Zou Girard zijn thuisgekomen? Iets zeggen lukt niet; er komt slechts een kreun uit haar mond.

'Hou vol, Sil!' hoort ze een stem roepen. Ze kent die stem al zo lang.

Ze probeert een naam te vormen, maar haar tong voelt zo dik dat hij te groot is voor haar mond. Ze hoort vuistslagen tegen botten en vlees, geschreeuw en gekerm. Silvia draait zich om in de richting waar de geluiden vandaan komen. Ze ziet Sebas boven op haar aanvaller zitten, terwijl hij hem tegen zijn hoofd stompt. De man lijkt steeds minder weerstand te bieden, en ineens denkt Silvia dat alles toch nog goed komt. Ze gaat dit overleven. Sebas gaat die man uitschakelen en er is hulp onderweg. Waar blijven ze? Lauren ligt nog steeds bewegingloos op de grond en áls ze nog ademt weet Silvia niet hoe lang ze dat nog volhoudt.

In één beweging haalt de man iets tevoorschijn wat hij op Sebastiaans hartstreek richt. Een knetterend geluid klinkt door de keuken en Sebastiaan valt met gebalde vuist boven op hem neer. Het knetterende geluid blijft maar aanhouden en Sebastiaan ligt verlamd boven op de man. *Nee, nee! Dit is niet goed. Stoppen!* De woorden gaan door haar hoofd, maar ze krijgt ze niet uitgesproken. Dan verandert haar zicht in een zwart waas en valt ze weg.

27

'Het komt goed, Sil. We zijn onderweg naar het ziekenhuis, je gaat het halen. We gaan die zooi uit je maag pompen en alles komt goed.'

Silvia kreunt terwijl ze in de verte een stem hoort spreken die wordt doorkruist door het geluid van loeiende sirenes. De stem klinkt bekend, maar ze kan hem niet plaatsen. Ook weet ze niet waar ze is en wat er aan de hand is. Haar lichaam lijkt weg te zweven. Ze zakt weer volledig weg in dat zwarte gat waar ze zojuist uit is geklommen.

'... *scheint die Augen zu öffnen*.' Een fel lampje schijnt in Silvia's ogen. Het verblindt haar en ze probeert haar hoofd weg te draaien om eraan te ontsnappen.

'Je bent een kanjer, Sil, ik wist wel dat je het ging halen. Niemand geloofde er meer in, maar ik ken je. Jij geeft nooit op.'

Ze voelt een kneepje in haar hand en kreunt. Haar mond is kurkdroog en een extreem bittere smaak overheerst. 'Water,' weet ze zachtjes uit te brengen. Handen helpen haar wat overeind en er wordt iets tussen haar lippen geduwd. Hiervan raakt ze onmiddellijk in paniek en ze probeert van zich af te slaan.

'Rustig maar, Sil. Je bent in het ziekenhuis. Je bent veilig. We gaan je een beetje water proberen te geven, oké? Dan kun je je mond een beetje nat maken. Voorzichtig, verslik je niet.'

Weer voelt ze dat er iets tussen haar lippen wordt geduwd.

'Toe maar, Sil, drink maar wat.' Ze doet wat haar gezegd

wordt. Eerst aarzelend, en dan zo gretig dat ze zich alsnog verslikt. Kokhalzend en hoestend hapt ze naar adem en haar ogen schieten voor het eerst goed open. In een waas ziet ze de contouren van een kamer. Aan haar rechterkant staat allerlei apparatuur met knipperende getallen en lichtjes, aan de linkerkant zit iemand op een stoel naast haar bed. De man die tegen haar praatte en haar probeerde te kalmeren. Ze focust op zijn gezicht en kan hem nu plaatsen. 'Remco,' fluistert ze. 'Wat doe jij nou hier? Ben je me weer gevolgd?'
'Ook fijn om jou weer te zien, Sil.'
'Wat mankeer ik? Mijn hoofd voelt zo wazig.'
'Kun je je niets meer herinneren?'
'Ik weet het niet.'
'Je hebt enorm veel geluk gehad. Het is een wonder dat je nog leeft na die cocktail van zware pijnstillers en kalmeringsmiddelen. Helaas geldt dat niet voor iedereen.'
Ineens schiet Silvia overeind. De zuurstofmeter om haar vinger schiet los en er begint iets te piepen. Haar schreeuw overstijgt het geluid. 'Lauren! Is Lauren dood?'
'Rustig aan, tijger.' Remco klemt de zuurstofmeter weer om haar vinger. 'Lauren heeft een flinke bult op haar hoofd en een hersenschudding, maar verder is ze in orde. Ze ligt in de kamer hiernaast een beetje bij te komen. Girard is bij haar.'
'O mijn god, gelukkig.' Silvia begint te huilen van opluchting.
'Voor Sebastiaan is het helaas minder goed afgelopen.' Remco strijkt in een gebaar van onmacht door zijn haren. 'Hij heeft het niet gehaald, Sil. Hij is overleden aan een hartstilstand. Die gek die jullie aanviel heeft een taser op zijn hart gezet. De politie heeft me uitgelegd hoe gevaarlijk dat is.'
Silvia slaat haar hand voor haar mond. 'Nu weet ik het weer. Ik heb het zien gebeuren. Sebas had die klootzak flink te pakken, totdat hij zelf neerviel door die schokken. Dat is het laatste wat ik zag voordat alles zwart werd. Maar hij is dus echt

dood?' Het vreselijke nieuws wil nog niet tot haar doordringen.

'De politie heeft geprobeerd hem te reanimeren en de ambulancebroeders hebben het daarna overgenomen, maar het mocht niet meer baten. Zijn hart had het begeven door die stroomschokken.'

'En de aanvaller zelf?'

'Ook dood. De politie heeft hem moeten neerschieten. Anders had hij jou ook vermoord, Sil. Maar hoe dat allemaal is verlopen hoor je later nog wel. Het belangrijkste is dat hij je geen kwaad meer kan doen en dat je er nog bent. Je hebt het aan Sebastiaan te danken dat je nog leeft, Sil.'

'Maar, wacht... Hij heeft die gek dus niet op me afgestuurd?'

'Nee, zeker niet. Hij was ervan overtuigd dat Diego erachter zit. Sebastiaan en ik hebben elkaar gesproken nadat we door de politie zijn verhoord. Hij was echt in shock dat Vincent was vermoord. Mede door zijn insinuaties werd jij door de politie verdacht en daar raakte hij volledig van in paniek. Dat was nooit zijn bedoeling geweest. Als hij één ding zeker wist, dan was het dat jij Vincent niet vermoord kon hebben. Daarvoor hield je te veel van hem. Bovendien had Diego al eerder bedreigingen richting Vincent geuit omdat hij niet wilde meewerken aan zijn schimmige deal. Toen bleek dat Vincent vermoord was, gingen bij Sebastiaan alle alarmbellen af. Diego bedreigde hem ook, maar hij was vooral heel stellig dat hij jou wat zou aandoen als je niet zou ingaan op zijn voorstel. Sebastiaan wist dat je in groot gevaar verkeerde en wilde zo snel mogelijk naar je toe. Bij jou thuis kreeg hij geen gehoor, dus toen is hij verhaal gaan halen bij Anneke. Hij wist haar uiteindelijk te ontfutselen dat je in Titisee-Neustadt was. Waarna hij mij heeft gevraagd om met hem mee te gaan en je in veiligheid te brengen. Natuurlijk deed ik dat.'

'Waarom hebben jullie niet gewoon de politie op de hoogte gebracht?'

'Dat wilde Sebastiaan niet, omdat hij dan zijn eigen dubieuze rol in het geheel moest onthullen. Hij wilde de puinhoop die hij had gecreëerd zelf oplossen.'
'Maar wat was dan precies zijn rol? Heeft hij mij er dus wél in geluisd bij de politie?'
Remco pakt een envelop uit de binnenzak van zijn colbert en geeft hem aan Silvia. 'Ik weet ook niet precies hoe alles gegaan is of wat zijn aandeel was. Hij wilde mij niet alles vertellen. Misschien schept dit meer duidelijkheid. Hij had het op zak toen hij stierf.'
Silvia pakt de envelop waar haar naam in keurige blokletters op staat met twee handen vast en legt hem dan naast zich neer op haar nachtkastje.
'Ga je hem niet lezen?' Remco klinkt teleurgesteld.
'Straks, als ik eraan toe ben. Hoe lang ben ik hier al?'
'Ruim een halve dag. Je hebt flink liggen slapen. Ze hebben je maag leeggepompt om al die troep eruit te krijgen. Het was allemaal net op tijd en dat heb je aan Sebastiaan te danken.'
'En aan jou, toch?'
'Mijn rol was bescheiden, hoe graag ik ook de held zou willen uithangen. Sebastiaan is naar je huis gegaan en heeft met die levensgevaarlijke gek gevochten. Ik zou ondertussen de politie inschakelen; een vrij risicoloze taak. Sebastiaan kan het niet meer navertellen. Dus helaas weet de politie ook nog steeds niet hoe het zo heeft kunnen escaleren. Daarom hoop ik dat die brief van hem wat duidelijkheid biedt en zowel jou als mij voorgoed van de verdachtenlijst van de politie haalt.'
'Ik laat het je weten, Remco.'
'Tijdens een etentje?'
'Dat zullen we nog wel zien,' zegt ze met een glimlach. 'Maar even serieus, het gaat niet werken tussen jou en mij, Rem. Niet op de manier die jij nu misschien voor ogen hebt. Het heeft nooit gewerkt. Dat weet jij ook, als je heel eerlijk bent.

We zijn gewoon te verschillend. Het enige wat ik je kan bieden is mijn vriendschap.'

'Dat is voor mij niet genoeg, Sil. Ik wil meer. Het wordt tijd om me te settelen, en dat wil ik het liefst met jou doen.'

'Dan zul je verder moeten zoeken. Ik kan je dat niet geven. En ik weet zeker dat er ergens een fantastische vrouw rondloopt die je wel alles kan bieden waar je naar op zoek bent. Dat gun ik je enorm.'

'Duidelijk, dan zal ik je niet langer lastigvallen. Ik wens je het allerbeste, Sil, zelfs als dat niet met mij is. Ik heb echt van je gehouden, weet je. Dat doe ik nog steeds. Je bent een bijzondere vrouw en Vincent heeft ongelofelijke mazzel gehad dat hij je tot aan zijn dood zijn echtgenote heeft mogen noemen.' Remco staat op en lacht bedroefd. 'Tot ziens, Sil. Hou je taai.' Met hangende schouders sjokt hij de kamer uit. Vlak voordat hij de deur dichtdoet roept ze hem terug. 'Rem?'

'Ja?' vraagt hij hoopvol.

'Wil je aan Lauren en Girard vragen of ze zodra het kan bij me langskomen?'

Remco knikt teleurgesteld en verdwijnt naar de gang. Silvia haalt diep adem en blijft een tijdje naar de witte muur tegenover haar bed staren. Langzaam begint tot haar door te dringen hoe weinig het gescheeld had of ze had dit hele avontuur niet meer kunnen navertellen. Wat Sebas ook allemaal heeft geflikt, hij heeft wel haar leven gered. Dat zal ze hoe dan ook nooit vergeten. De gedachte aan hem maakt haar zowel boos als verdrietig. Met een knoop in haar maag haalt ze de brief uit de envelop en vouwt hem open.

28

Lieve Sil,

Omdat ik te laf ben om je dit recht in je gezicht te zeggen, doe ik het per brief. Ik ben een klootzak. Een heel grote. Ik heb jou, Vin en V-Suit in gevaar gebracht en voor Vincent – en daarmee ook voor jou – zijn de gevolgen onomkeerbaar. Nu ga ik je vertellen wat er is gebeurd, maar dat had ik al veel eerder moeten doen. Het kwam doordat ik zelf ook met mijn rug tegen de muur stond, maar dat is geen excuus. Om te kunnen begrijpen wat ik heb gedaan, moet ik je eerst wat meer vertellen over hoe het allemaal begonnen is.
Anderhalf jaar geleden ontmoette ik Diego. Ik kwam hem tegen bij een prestigieuze Spaanse modeshow en we raakten aan de praat. Het klikte tussen ons. We hadden dezelfde ideeën en raakten niet uitgepraat over de kledingbranche. Hij nodigde me uit om 's avonds bij hem te komen eten en nadat we al behoorlijk hadden gedronken, namen we een afzakkertje in het casino. Ik was al vijftien jaar niet meer in zo'n tent geweest en dat had een reden. Mijn leven werd destijds verwoest door een ernstige gokverslaving. Toen ik op mijn dieptepunt was en de schulden zich opstapelden, kwam ik Madelief tegen. Zij was mijn redding. Vraag me niet waarom, maar ze hield van me en vond me in tegenstelling tot de rest van de wereld geen loser. Door haar wilde ik verder met mijn leven en mijn problemen oplossen, zodat

we samen een toekomst konden opbouwen. Bij ons jawoord beloofde ik haar nog iets: ik zou nooit meer een voet in een casino zetten. Tot die avond met Diego heb ik me daar ook aan gehouden.

Diego wist me ervan te overtuigen dat het plaatselijke casino de gezelligste plek was om een paar uur met kameraden door te brengen. Want we waren nu kameraden, toch? Ik voelde me goed die avond en wilde geen spelbreker zijn. De alcohol gaf me een laatste zetje, en ik ging met hem mee in de overtuiging dat ik inmiddels sterk genoeg was om de verleiding na al die jaren te kunnen weerstaan. Ik voelde me zo sterk dat ik zelfs een ronde meespeelde aan de blackjacktafel en won... Eén rondje werden er twee... Toen ik vijf keer achter elkaar had gewonnen, was ik de controle volledig kwijt. De euforie en vijftien jaar ingehouden verlangen namen me volledig in bezit. Net toen ik dacht dat ik onoverwinnelijk was, keerde het tij. Ik begon te verliezen, en niet zo'n klein beetje ook. In mijn paniek zette ik steeds grotere bedragen in, totdat ik bijna volledig blut was. Maar toen won ik weer een potje en dacht ik mijn verlies weer goed te kunnen maken. Ik ging door tot ik echt geen stuiver meer in mijn zak had en toen bood Diego me aan om wat geld van hem te lenen. In mijn roes heb ik daar ja tegen gezegd. Net als vroeger kon ik gewoon geen weerstand bieden. Die toezegging was de grootste vergissing die ik had kunnen maken.

Mijn schuld bij Diego was die avond zo hoog geworden dat het me een flinke tijd zou gaan kosten voordat ik hem helemaal zou hebben terugbetaald. Het heeft me jaren gekost om al mijn eerdere schulden af te betalen, dus een flinke spaarrekening had ik niet. Eerst deed hij er heel relaxed over, maar al snel sloeg zijn stemming om en begon hij me te chanteren. Hij had zijn zinnen op V-Suit gezet en als ik hem zou helpen om het bedrijf in handen te krijgen, dan

zou hij me mijn schulden kwijtschelden. Ik kon geen kant op, Sil. Ik dreigde privé alles kwijt te raken, inclusief Madelief en ons huis. Inmiddels had ik gezien dat Diego een heel duistere kant had, en wat kon ik anders doen dan akkoord gaan met zijn voorwaarden? Ik was volledig in paniek.
Mijn eerste opdracht was dat ik Vincent moest overhalen om met Diego in zee te gaan. Als dat eenmaal gelukt was, zou ik Diego mijn aandelen in V-Suit geven en Diego zou op zijn beurt Vincent het bedrijf uit werken met een vijandige overname. Hoe hij dat precies wilde doen, heeft hij me nooit verteld. Zoals je weet hadden Vincent en ik evenveel aandelen, dus Diego zou met het verkrijgen van mijn aandelen nooit een meerderheid hebben. Toen ik hem daarop wees, zei hij dat ik me daar geen zorgen over hoefde te maken en dat hij wel manieren had om dat op te lossen.
Hoe ik ook inpraatte op Vincent, hij weigerde onherroepelijk om met Diego in zee te gaan. Ondertussen werd Diego steeds woedender en dreigender. Hij zou Vincent uit de weg laten ruimen om op die manier het probleem op te lossen. Toen kreeg Vin dat ongeluk en ik dacht écht dat het een ongeluk was. Tot mijn grote schrik erfde jij zijn aandelen en had jij net zoveel weerzin tegen Diego als Vin. Ik was radeloos toen Diego me liet weten dat hij je even flink zou laten schrikken, zodat je wel overstag zou gaan. Hij stuurde de vent op je af die je aanviel nadat je een avondje in de kroeg had gezeten. Maar in plaats van bang werd je alleen maar strijdlustiger.
Diego bleef me het mes op de keel zetten en ik besloot om een schandaaltje te veroorzaken en wat geruchten te verspreiden die ervoor zouden zorgen dat jij uit de directie van V-Suit moest terugtreden om het imago van het bedrijf niet te schaden. Om je bang te maken heb ik dat briefje in je brievenbus gestopt, en toen dat geen effect had voelde ik me genoodzaakt om andere maatregelen te nemen. Ik was de-

gene die die foto van jou en Remco naar De Telegraaf *heeft gestuurd en de roddels op gang bracht over het complot van jou en Remco om Vincent te vermoorden en zo zijn erfenis op te strijken. Hiervoor betaalde ik zelfs een 'getuige' die wilde beweren dat hij jou en Remco op de plek van het ongeluk had gezien. Het was vreselijk van me, maar ik was er geen seconde bang voor dat de politie je serieus zou gaan verdenken. Ik wist honderd procent zeker dat jij niets met Vincents dood te maken had en dat wat je met Remco had gehad al lang voorbij was. Vin heeft me in vertrouwen weleens over jou en Remco verteld, en het spijt me dat ik zijn vertrouwen zo beschaamd heb en er op deze afschuwelijke manier misbruik van heb gemaakt. Maar hoe kon ik weten dat Vincent wel degelijk vermoord blijkt te zijn, dat ze dicht bij de plek waar hij uit het ravijn is gehaald ook een dode vrouw zouden vinden én dat Remco inderdaad ook in Titisee-Neustadt rondzwierf in een wanhopige poging om jou terug te krijgen? Het verhaaltje dat ik had verzonnen om jouw reputatie te beschadigen, leek ineens in de context van al deze vreselijke gebeurtenissen te passen.*

Alles liep volledig uit de hand en ik wist niet meer hoe ik het moest stoppen zonder zelf ook alles kwijt te raken. Ik vreesde voor mijn leven. Door mijn laffe houding heb ik niet ingegrepen en alle ellende die jij over je heen kreeg laten gebeuren. Ondertussen werd Diego steeds ongeduldiger en werd ik ook verhoord door de politie. Dat laatste was voor mij eindelijk de eyeopener om alle fouten die ik had gemaakt in één klap recht te zetten, ook als het ten koste van mezelf zou gaan. Vandaar mijn beslissing om mijn aandelen aan jou te verkopen en Diego op die manier buitenspel te zetten. Ik kan de schade die ik jou en Vin heb berokkend nooit meer goedmaken, maar ik hoop dat dit gebaar ervoor zorgt dat je iets minder slecht over me gaat denken.

Weet dat jij en Vin niet de enigen zijn die erin zijn geluisd.

Ik heb al die tijd gedacht dat mijn ontmoeting met Diego op dat congres spontaan was, maar niets bleek minder waar. Ik ben erachter gekomen dat Diego mij zorgvuldig heeft uitgekozen en mij al ruim voor dat congres op het oog had. Hij heeft me die bewuste avond volledig in de val gelokt. Het casino waar hij me mee naartoe nam bleek van hem te zijn, en met gemanipuleerde spelletjes ben ik erbij genaaid. Alsof hij wist dat die verslaving mijn zwakke plek was. Op geniepige wijze heeft hij mij volledig afhankelijk van hem gemaakt, tot ik geen kant meer op kon.

Voordat ik jou informeerde dat ik mijn aandelen aan jou wil overdragen, heb ik Diego laten weten dat ik me niet langer door hem laat chanteren. Hij flipte volledig en dreigde zowel mij als jou te vermoorden. Daarom kom ik naar je toe, zodat we samen naar de politie kunnen gaan om die gek te stoppen. Ik aanvaard alle consequenties en zal de politie eerlijk vertellen dat ik ze op een dwaalspoor heb gezet met jou en Remco. Die zogenaamde getuige zal ik zijn valse verklaring over jou en Remco laten intrekken. Dat moet voor de politie voldoende zijn om jullie met rust te laten.

Het spijt me vreselijk, Sil, ik kan je niet zeggen hoeveel. Ik hoop dat de politie Diego kan pakken, maar ik weet hoe sluw hij is. Hij staat erom bekend dat hij zijn sporen altijd zorgvuldig uitwist. Verschillende mannetjes knappen al het vuile werk voor hem op, zonder dat er ook maar één spoor naar hem leidt. Op die manier moet hij Vincent hebben laten vermoorden, en de man die jou aanviel na je kroegbezoek is er ook zo eentje.

Je hoeft mij niet te vergeven, dat kan ik niet van je vragen. Het zou al veel voor me betekenen als je zou begrijpen waarom ik de dingen heb gedaan zoals ik ze heb gedaan. Dat het zo volledig uit de hand zou lopen, heb ik nooit kunnen voorzien. Jij en Vincent hebben dit niet verdiend. Hetzelfde geldt voor Madelief. Ze verdient al deze ellende net zomin als jij. De mensen die het meest voor mij betekenen, heb ik met mijn acties voorgoed beschadigd en daar zal ik voor moeten boeten.

Het ergste is nog wel dat ik niet degene ben die de hoogste prijs gaat betalen voor al mijn fouten. De hoogste prijs is al betaald, namelijk door Vincent. Vin, mijn vriend, die er altijd voor me is geweest.

Voor zover ik kan ga ik het met je goedmaken, Sil. Daar ga ik alles voor doen, al is het het laatste wat ik doe. Zorg goed voor jezelf en voor V-Suit. Ik geloof in je, net zoals Vincent onvoorwaardelijk in je geloofde en je vertrouwde.

Liefs,
Sebas

29

Na het lezen van de brief blijven de tranen over Silvia's wangen stromen. Ze kan nog niet helemaal geloven wat ze zojuist heeft gelezen en ze voelt zoveel verschillende emoties door elkaar dat ze sowieso niet helder kan nadenken. Boosheid, verslagenheid en medelijden wisselen elkaar af. Hoe kon Sebas dit doen? Hij hoopte dat ze hem zou begrijpen, maar hier zal ze flink wat tijd voor nodig hebben. En misschien komt ze nooit op dat punt. Waarom heeft hij niet eerder bij haar en Vin aan de bel getrokken en alles eerlijk verteld? Ze weet zeker dat Vincent hem had willen helpen en dat ze samen iets hadden kunnen bedenken.

Als de deur van haar kamer opengaat en Lauren en Girard haar kamer binnenkomen, maakt haar ongeloof plaats voor dankbaarheid. Girard duwt liefdevol Laurens rolstoel. Haar oude buurmeisje heeft een groot verband om haar hoofd dat bijna net zo wit is als haar gezicht. De vastberaden blik in haar ogen is wat gedoofd, maar ook zij is blij om Silvia te zien.

'Lauren, lieverd, hoe is het met je?' Silvia zwaait haar benen over de rand van het bed en wacht even met opstaan als ze merkt hoe duizelig ze hiervan wordt. Girard geeft met een handgebaar aan dat ze vooral moet blijven zitten.

'Een deuk in mijn schedel en mijn ego, maar verder gaat het prima.' Lauren glimlacht. 'Ik word zeer goed verzorgd door deze knappe verpleger hier.' Ze grijpt naar achteren en pakt Girards hand. Hij bukt en geeft haar voorzichtig een kus op haar wang.

'We hebben allebei ontzettend veel mazzel gehad. Het scheelde weinig of we hadden dit beiden niet kunnen navertellen. Jij met die overdosis aan pillen en ik was bijna Celeste achternagegaan.' Laurens blik is nu somber.

'Maar hé, kijk eens naar ons. We zijn wat gehavend, maar we komen er allebei weer bovenop. Ik ben ervan overtuigd dat Vin ons vanuit de hemel heeft beschermd.'

'Ik denk dat Celeste ook haar steentje heeft bijgedragen.' Lauren glimlacht. 'Weet je wie er vanochtend ineens naast mijn bed zaten?'

'Nou?'

'Mijn ouders en Saar. Wat er met mij gebeurd is, heeft hen wakker geschud. Ze kwamen me om vergeving vragen, omdat ze de schuld voor Celestes dood in hun verdriet en wanhoop al die jaren deels bij mij hebben neergelegd. Als grote zus had ik nooit mogen toestaan dat zij die avond mee uitging. Maar ze wisten diep vanbinnen wel dat het onterecht was, alleen hadden ze de kracht niet om dat toe te geven.'

'Tot vandaag.'

'Tot vandaag, inderdaad. Het besef dat ze mij ook bijna kwijt waren geraakt, heeft hen doen inzien dat ze hun enige overgebleven dochter moeten koesteren in plaats van wegduwen. Eerlijk gezegd had ik niet verwacht dat ze dat nog zouden inzien.'

'Wat ontzettend fijn voor je, Lauren. En voor je ouders, want ze hebben een geweldige dochter.' Silvia steekt haar hand uit en Girard rijdt de rolstoel dichter naar haar bed zodat Lauren hem kan pakken.

'Sorry, meisje, dat mijn problemen jou zo hebben geraakt. Ik had niet voor mezelf ingestaan als jij dit niet had kunnen navertellen. Dat het zo uit de hand zou lopen, had ik nooit gedacht.' Silvia laat Laurens hand los en pakt de brief van Sebastiaan uit haar nachtkastje. 'Als je dit leest, wordt er een heleboel duidelijk.'

Lauren neemt de brief aan en begint te lezen. Ze maakt geen geluid en haar gezichtsuitdrukking verraadt slechts uiterste concentratie. Als ze is uitgelezen, laat ze haar hand met daarin de volgeschreven velletjes in haar schoot rusten. 'Dit gaat je redden, Sil. Deze brief pleit je volledig vrij van alle verdachtmakingen. We moeten hier zo snel mogelijk mee naar de politie en ervoor zorgen dat we die valse getuigenis van tafel krijgen.' Door de heftige omstandigheden vergeten ze even de taalbarrière, en Lauren praat Girard snel in het Frans bij. De rechercheur knikt en stelt af en toe een vraag.

'Girard heeft een goed punt, namelijk dat we nog steeds met de moord op Elsa Fischer zitten. Alles wijst er nu op dat Diego zijn dreigementen heeft waargemaakt en Vincent uit de weg heeft laten ruimen. Maar waarom is Elsa Fischer daar zo dichtbij ook om het leven gekomen? Zou zij soms op het verkeerde moment op de verkeerde plek geweest zijn? Had ze te veel gezien, waardoor Diego's mannetje haar ook moest omleggen? Zij had tenslotte ook een flinke hoofdwond.' Lauren deelt hardop haar gedachten.

'Wat erg... Ik hoop dat de politie hier ook achter gaat komen, al is het maar voor haar familie,' brengt Silvia uit.

'Dat hoop ik ook, want ik weet hoe belangrijk die duidelijkheid is. Ik ga Versteeg en De Vries straks bellen om alles te vertellen. Het is dan aan hen en de Duitse politie om het verder uit te zoeken. De brief van Sebastiaan bevat voldoende informatie om hen op het goede spoor te zetten en jou vrij te pleiten.'

'Denk je dat ik nog bang moet zijn dat Diego me een derde keer te grazen probeert te nemen?' vraagt Silvia aarzelend.

'Ik snap dat je je daar zorgen over maakt, maar het zou me verbazen als hijzelf of een van zijn mannetjes nog in jouw buurt komt. Door het overlijden van Sebastiaan staan de zaken er heel anders voor. Bovendien geeft de brief van Sebastiaan een goede inkijk in Diego's plannetjes en de slinkse wijze waarop hij heeft geprobeerd om die te realiseren. Het zou eerlijk gezegd heel dom zijn als hij zijn verlies niet accepteert. Aangezien jij nu voor honderd procent eigenaar wordt van V-Suit is er voor hem geen enkele mogelijkheid meer om zich het bedrijf in te werken. Ik denk dat Diego allang op zoek is naar een nieuw slachtoffer, een nieuwe Sebastiaan, met wie hij een vergelijkbaar trucje wil uithalen.'

'Klinkt allemaal logisch wat je zegt. Nu ik weet waartoe hij in staat is, zit het me niet lekker, maar ik moet me maar vasthouden aan jouw gedachtegang. Ik bel vanmiddag nog even met Madelief, Sebastiaans weduwe, over zijn aandelen V-Suit. In zijn testament is opgenomen dat Vincent zijn aandelen erft en aangezien ik Vincents erfgenaam ben, betekent dat dat ik ze dus krijg. In principe hoef ik er dus niet voor te betalen.'

'Dat "in principe" klinkt alsof je iets anders van plan bent,' zegt Lauren, en ze glimlacht.

'Zoals je weet doe ik dingen graag op mijn eigen manier. Sebastiaan heeft zijn vrouw met een berg schulden achtergelaten. Die vrouw wist van niks en wordt nu naast zijn dood ook nog met een hoop andere ellende geconfronteerd. Ze raakt onder andere haar huis kwijt en dat kan ik niet laten gebeuren. Als ik haar het bedrag betaal dat ik oorspronkelijk met Sebastiaan had afgesproken voor de overname van zijn aandelen, dan is ze uit de problemen. Waarschijnlijk verklaart iedereen me voor gek, maar ik ga haar helpen en dat zal ik haar zo vertellen. Het is al erg genoeg dat ze haar man kwijt is en zij kan er niets aan doen dat Sebastiaan haar heeft voorgelogen en er zo'n puinhoop van heeft gemaakt. Vin zou hetzelfde hebben gedaan, dat weet ik zeker. De nieuwe start die ik krijg, verdient Madelief net zo goed.'

'Wauw, Sil. Ik wist wel dat je een hart van goud had, maar dit...'

'Ach, wat heb je aan geld als je er niet iets goeds mee doet? Ik ben niet geïnteresseerd in nieuwe spullen of dure vakanties

of wat dan ook. Vin ben ik voorgoed kwijt, maar verder heb ik alles wat mijn hartje begeert. Meer heb ik nu niet nodig.'
'Amen.' Lauren staat voorzichtig op uit haar rolstoel en geeft Silvia een dikke knuffel. 'Gesproken als een ware Moeder Teresa.'
'Als je maar niet denkt dat ik me ook als een non ga kleden.'
'Jij wordt de eerste heilige in joggingpak, van V-Suit uiteraard.' Samen barsten ze in lachen uit.

Deel 4

Groningen

30

Silvia pakt net een nieuwe doos voor haar kleding als haar telefoon gaat. 'Henk' staat er op het schermpje. Er is een week verstreken sinds ze lag te vechten voor haar leven, maar ze is er door haar herstel en de terugreis naar Nederland nog niet aan toegekomen om hem te bellen, hoewel hij bovenaan haar lijstje stond. Volgende week komt de verhuiswagen om de spullen waar ze het meest aan gehecht is naar Titisee-Neustadt te brengen. Haar plannen om daar voorlopig te verblijven heeft ze meteen bij thuiskomst omgezet in concrete actie, sinds de politie haar officieel heeft laten weten dat ze niet langer een verdachte is in het onderzoek naar Vincents dood. De politie heeft naast Sebastiaans schriftelijke bekentenis inmiddels ook met Anneke gesproken en via haar contracten en documenten van V-Suit verkregen. Alles wijst richting Diego als verantwoordelijke voor de moord op Vincent. Naar de moord op Elsa Fischer zal de politie verder onderzoek doen. Ze vindt het vreselijk dat haar familie nog geen duidelijkheid heeft, maar ze is ook opgelucht dat zij verder kan met haar leven en het verwerken van Vins dood. En nu de politie met man en macht naar Diego op zoek is, voelt Silvia zich veilig genoeg om terug te keren naar het huis waar ze bijna het leven liet. En de man die haar twee keer heeft aangevallen, is er niet meer. Maar ze wil niet vertrekken zonder afscheid te hebben genomen van Henk. Ze zal nooit vergeten dat hij haar heeft gered en er als een echte vriend voor haar was toen ze dat zo nodig had.

'Henk!' roept ze enthousiast als ze haar telefoon opneemt. 'Je bent me net voor, ik wilde je zo graag spreken.'

'Fijn om je stem weer te horen, wijffie. Ik dacht: ik moet eens even bellen hoe het daar allemaal is. Toen ik vanochtend mijn krantje opensloeg, zag ik allemaal verontrustende dingen. Je hebt flink wat meegemaakt en ik was er niet eens om je te helpen.' Zijn diepe bromstem klinkt wat teleurgesteld.

'Wat dacht je ervan als ik je vanavond trakteer op een hamburger en een biertje? Dan vertel ik je wat er precies gebeurd is. Je moet niet alles geloven wat er in de krant staat, hè.'

'Dat lijkt me hartstikke gezellig, Sil, maar mijn koets heeft me een beetje in de steek gelaten. Ik krijg d'r niet meer aan de praat, dus ik kan je niet als een echte heer ophalen.'

'Ach, je koets, wat vervelend voor je. Ik weet hoezeer je aan die auto gehecht was. Dan kom ik jou vanavond ophalen, wat dacht je daarvan?'

'Tja, dat zijn geen Henk-principes. Een prinses moet gereden worden en niet zelf achter het stuur kruipen. Maar ja, het is nu even niet anders… Hoe laat wil je dat ik klaarsta?'

'Uurtje of vijf? Dan hebben we genoeg tijd om eens flink bij te kletsen.'

'Ja, graag. Ik heb zelf ook wat kopzorgen, dus een beetje afleiding kan geen kwaad.'

'O nee, wat is er gebeurd?'

'Ik ben afgelopen week mijn baan in de haven van Delfzijl kwijtgeraakt. Bezuinigingen en zo. Het is verdomd lastig om aan nieuw werk te komen. Maar daar ga ik je niet te lang mee vermoeien, hoor. Ik moest het gewoon even kwijt.'

'Wat een ellende allemaal, Henk. Daar gaan we het vanavond eens goed over hebben. Misschien weet ik wel iets voor je. Ik ga even wat dingen overleggen en op een rijtje zetten en dan kom ik er vanavond op terug.'

'Je maakt me nieuwsgierig, Sil. Elke baan is goed. Als ik

maar lekker bezig kan zijn en wat centjes kan verdienen voor een nieuwe koets.'
'Vertrouw me maar, het komt goed.'
'Blind, Sil, ik vertrouw je blind. Nou, dan zie ik je wel verschijnen straks.'
'Om vijf uur sta ik voor je deur. En o, Henk, trek je mooiste blouse aan.' Met een glimlach op haar gezicht hangt Silvia op.

Stipt om vijf uur staat Silvia voor Henks deur. Als ze aanbelt zwaait de deur meteen open, alsof hij erachter stond om haar op te wachten. Een walm van aftershave beneemt haar bijna de adem als Henk zonder aarzelen zijn grote armen om haar heen slaat en haar een flinke knuffel geeft. Hij draagt vandaag zijn zwart met grijze houthakkershemd.
'Mag ik zo met je mee?' vraagt hij, terwijl hij aan zijn blouse plukt. 'Dit is het netste wat ik heb.'
'Je ziet er prachtig uit.' Ze laat de autosleutel voor zijn neus heen en weer bungelen. 'De prinses wil graag gereden worden, denk je dat dat mogelijk is?'
'Zeker weten. Ga jij maar lekker zitten, ik chauffeur je.' Hij steekt zijn arm uit en Silvia haakt in. Henks ogen worden zo groot als schoteltjes als hij de BMW-cabrio ziet staan. 'Is die van jou, wijffie?'
'Hij was van mijn overleden man.'
'En daar mag ik in rijden? Dat is wel een droom die uitkomt, hoor. Waar heb ik dat aan te danken?' Hij strijkt liefkozend en vol bewondering met zijn vingers over de glimmende zilveren lak en wrijft de vlekjes die hij achterlaat meteen weg met de mouw van zijn blouse. Het ziet er zo aandoenlijk uit dat Silvia hem bijna spontaan om de hals vliegt. Hij houdt het portier voor haar open en stapt dan zo blij als een kind zelf ook in. Hij glimt van trots als hij de sleutel in het contact steekt en het zware geluid van de motor hoort.
'Daar kan geen muziekstukkie tegenop, Sil, moet je haar nou

eens horen spinnen! Ik durf het bijna niet te vragen, maar mag ik even?' Zijn vinger ligt op de knop die het dak open- en dichtschuift.

'Zeker, ga je gang.'

Hij drukt op de knop en het dak gaat soepel dicht. Meteen drukt hij nog eens op de knop en het dak schuift weer open. Hij lacht goedkeurend. 'Kunnen we even een stukkie snelweg pakken op weg naar onze hamburger?'

'Natuurlijk. Leef je uit.'

Henk neemt de kortste route naar de snelweg en trapt dan het gas in. De wind wappert door hun haren en Henk brult boven het geluid van de motor uit. Silvia gilt met hem mee. Ze voelt zich licht en vrolijk, alsof even alles mogelijk is. Nadat ze zijn uitgeraasd en de bebouwde kom weer in rijden, draait Silvia zich naar Henk toe. 'En, heb je een beetje een klik met deze koets?'

'Het is een schatje, Sil, ik voel nu al een band. Dank je wel dat ik erin mag rijden, je maakt me blij.'

'Eigenlijk wil ik je nog blijer maken.'

Hij kijkt haar vragend aan.

'Ik zou het heel fijn vinden als jij dit schatje onder je hoede neemt, Henk. Mijn man kan niet meer voor haar zorgen en jij bent de enige die ik haar toevertrouw.'

Henk trapt abrupt op de rem en Silvia is blij dat ze haar gordel om heeft. Hij kijkt haar aan en ze ziet de tranen in zijn ogen springen. 'Dat meen je niet, wijffie. Dat is echt het liefste wat iemand ooit voor me heeft gedaan.'

'Hou je tranen nog maar even in, want ik wil je nog iets vragen. Ik ga een tijdje naar Duitsland om bij te komen van alles en ik heb iemand nodig die op mijn huis hier in Delfzijl past, voor de tuin zorgt en mij op afstand kan helpen met klusjes voor V-Suit. Samples naar winkels brengen, pakketjes ophalen, dat soort dingen. Je krijgt natuurlijk een salaris en kunt dus in het huis wonen. En dit schatje...' Ze klopt op het stuur van de BMW-cabrio. 'Dit is je auto van de zaak. Wat denk je, lijkt het je wat?'

Henks mond valt open en hij neemt niet de moeite om hem dicht te doen. 'Wil je me even hard knijpen, zodat ik weet dat ik niet droom?' Hij steekt haar zijn forse arm toe en ze geeft er een geruststellend klopje op. 'Je droomt niet, Henk, het is echt en ik ben serieus.'

'Maar dat betekent dat al mijn problemen zijn opgelost... Waar heb ik dat toch aan te danken, Sil? Of moet ik vanaf nu mevrouw Mulder zeggen? Je wordt tenslotte mijn baas.'

'Geen mevrouw, Henk. Alsjeblieft. Ik blijf voor jou gewoon Sil. En je hebt dit helemaal zelf verdiend. Als jij me niet te hulp was geschoten in die steeg, was het misschien niet zo goed met me afgelopen. Nu heb jij hulp nodig en ben ik er voor jou Henk, zo werkt dat in het leven. Bovendien help jij mij ook, hè. Ik heb hier iemand nodig die ik volledig vertrouw.'

'Nou, Sil, dan voel ik me vereerd. In de haven geven we d'r altijd een klap op als we een afspraak bezegelen.' Hij steekt zijn grote hand naar haar uit en ze legt de hare erin.

'Kom, laten we naar een leuk café rijden. We hebben iets om op te proosten en ik heb je een hoop te vertellen over de afgelopen tijd.'